徳間文庫

この子は邪悪

脚本 片岡 翔
著 南々井 梢

徳間書店

序　章

水の中に沈んでいるような、音のない世界に僕はいる。
強く目を閉じて、膝《ひざ》を抱え込んだ。
そして息を止め、数を数える。
一、二、三、四、五、
これは、夢。
六、七、八、きゅう、じゅう、

痛くないよ。大丈夫。

お母さんの怒鳴《どな》り声が、僕の体の中に響く。

ぼんやりと、耳の奥で何重にも反響する。

——何、薄ら笑いしてんのよ！　気持ち悪い!!

ゴン、という鈍い音と、脳が揺さぶられるような感覚。

耳の奥がキーーンと鳴る。

——あんたなんて産まなければ!!　あんたのせいで私の人生はめちゃくちゃになった!!

お母さん、ごめんね。

もっとぶっていいよ。

生まれてきてごめんね。めちゃくちゃにしてごめんね。

僕のことをぶつと、お母さんが笑うから、僕は嬉しいんだ。

でもね、これは夢。

じゅういち、じゅうに、じゅうさん、

僕が百まで数えたら、真っ白で真っ赤な世界が、待ってる。

みんな、そこに行こう。

大丈夫、怖くないから。

1　花

「ウサギに見えてる世界って、赤いのかなあ」

「え？　なんでそう思うの？」

「だって、目が赤いから」

男の子は、ウサギを撫《な》でる手を止めると、真剣な眼差しでわたしの目を覗き込んだ。

わたしと、同じ歳《とし》くらいかな。

ほっぺが真っ白で、目がまんまるで、口が小さくて、ウサギみたいな男の子だった。

「この子たち、君のウサギなの？」

「うん。お父さんがウサギをたくさん飼ってるの」

「たくさん？　何匹くらい？」

男の子は、声を弾ませると、丸い目をさらに丸くさせて、真っ白なほっぺを少しだけ、赤くした。

「数え切れないくらい。どんどん増えてくの。診療室のケージの中にもっとたくさんいる。わたしも一緒にお世話してるんだ」

「どうしてそんなにたくさん飼ってるの？」

「わからない。ウサギは心がきれいだからって、お父さんが言ってた」

男の子は納得したように頷《うなず》くと、「きみたちは、心がきれいなんだね」と言った。

そして、周りで飛び跳ねたり、草を食べているウサギたち一匹一匹に、「きみも心がきれい。君もきれい」と嬉しそうに伝えた。

「ねえ。また遊びにきていい？」

「うん。いいよ」

「友達になってくれるの？」

「うん」

「君はここの病院に住んでるの？」

「うん。お父さんの診療室とおうちがつながってるの」

わたしは、男の子とまた会おうねと約束をした。

わたしが、また来てねって言ったんだっけ。

男の子が、また来るねって言ったのかな。

どっちだったっけ。
思い出せない。
それより前のことも、霧がかかったみたいにぼんやりとしか覚えていない。
とにかく、約束は果たせなかった。

わたしたち家族は、壊れてしまった。

お母さんは眠ったまま、
妹は顔を失い、
お父さんは杖がなければ歩けなくなった。

わたしは、顔もあるし、歩くことができる。
どうして、わたしだけ。
わたしのせいなのに、どうして。

今でもときどき、目の前が真っ赤に染まる夢を見る。

家族全員で出かけた遊園地からの帰り道、わたしたち家族は大事故に遭った。

お父さんが運転する車が居眠り運転の暴走トラックに突っ込まれ、わたしたち家族は車ごと潰された。

後部座席で、妹の月《るな》はぐっすりと眠っていた。わたしは、心地よい疲れに身を任せながらぼんやりと窓の外を見ていた。

そのときだった。

助手席に座っていたお母さんの「あ！」という小さな叫び声が聞こえた気がする。

でもその声はすぐに耳をつんざくような破壊音にかき消された。

一瞬視界が真っ赤に染まり、プツッと音が途切れ、真っ暗闇の中にわたしは落ちた。

そこから先は病院のベッドで目を覚ますまでの記憶がない。

どれくらい眠っていたのだろう。

ふと目を開けると、ベッドの横で車椅子に座ったお父さんがわたしの手を取って泣いていた。

状況はなにもわからない。ただずっしりと体が重く、喉《のど》がカラカラだった。

お父さんは、わたしの名前を呼びながら頬擦《ほおず》りして、

「大丈夫だよ。大丈夫。花《はな》は何も心配しなくて良いんだよ」

と、嗚咽《おえつ》しながら繰り返した。

そのとき、ああ、そうか。何も、大丈夫じゃなかったんだなとわかった。けれど、不思議と涙も出なかった。

「……ごめんね」

そっか。

遊園地、行きたいなんて言ってごめんね。

帰りたくないってわがまま言って、何度もメリーゴーラウンド乗ってごめんね。わたしがそんなこと言わなければ、事故には遭ってなかった。

そう言いたかったのに、カラカラの喉からどうにか絞り出せた言葉は、ごめんね、だけだった。

でも、お父さんには全部伝わった。傷だらけの顔をぐしゃぐしゃにすると、

「花のせいじゃない」と叫ぶように言いながら、顔を覆った。

「わたしが、お母さんの命と、月の顔を奪った」

わたしがそう言うたびに、お父さんは首を横に振った。

「お母さんは、生きてるよ。眠っているだけ」

「もう目が覚めないなら、死んでるのと同じだよ」

「違う、それは違う。お父さんは、お医者さんだからわかるんだ。お母さんは必ず目を覚ますよ」

奇跡が起きないことくらい、わたしだって知ってる。

わたしは、泣かなかった。その後も一度も泣いていない。

自分のせいでこんなことになったのに、泣く権利なんてないって思ったのだ。

泣いたら、絶対にお父さんに慰めてもらえるだろう。

何度も何度も「花のせいじゃない。花は悪くない」とお父さんに言い聞かされたら、その気になってしまうかもしれない。

弱いわたしは、「そっか、わたしは悪くないんだ」って思ってしまうかもしれない。

そんなんじゃダメだ。

だから、泣かないと決めた。

あの事故から五年が経《た》って、わたしは十六歳になった。

毎日、何か大切なものが欠けたまま、残された家族の時間が過ぎていく。

診療室兼自宅のこの家は、古い洋館をリフォームしたもので、お母さんが好きだったアンティークの家具で埋め尽くされている。

ほとんど家から出ないわたしと、一歩も家から出ない月にとって、ここは世界の全てだった。

この家独特のすえたような匂いが体中にまとわりつき、わたしも月も、もう家の一部のような感覚だった。

毎日妹と二人で家の掃除をし、洗濯をし、料理をして父の診療時間が終わるのを待ち、食卓を囲む。

それ以外の時間は、本を読み、ピアノを弾き、ただ早く時間がすぎることを祈る日々。

「お姉ちゃん。ため息をつくと、幸せが逃げてくんだよ」

「お。月は良いこと言うなあ。物知りなんだな」

「うん。わたし、たくさん本を読んでるから」

お父さんに褒《ほ》められた月の声は弾んでいるが、表情は見えない。

というか、あの事故の日以来、誰も月の顔を見たことがない。

「月も、花も偉いな。学校に行かなくたって、たくさん本を読んで勉強できるんだから」

真っ白な仮面をつけた月は、嬉しそうに肩を揺らして笑った。

そして、仮面を少し持ち上げると、空いた隙間《すきま》から器用にフォークでハンバーグを口に運んだ。

事故で顔に大火傷《おおやけど》を負った月は、あの日以来家の中でもずっと仮面をつけて過ごしている。家族にも顔を見せてくれないので、どんな傷があるのかもわからない。

今日、月のつけている仮面は、お父さんのコレクションのベネチアンマスクだ。

真っ白の陶器の仮面に表情はない。

でも、仮面の奥の月は無邪気にケラケラと笑っている。

こんなの、普通じゃない。

そして、普通じゃない月にしてしまったのはわたしだ。

月は明るく振る舞っているけど、小学校に一度も通わないまままもうすぐ十歳の誕生日を迎える。

家族にすら傷ついた顔を見せることができないのに、学校に通うことなんて無理に決まっている。

だから、わたしも学校に行くのをやめた。

顔と心に傷を抱えてしまった月に、ずっと寄り添い続けること。それくらいしかわたしにはできないから。

「ねえ。わたし、おうちにある本ぜーんぶ読んじゃった。お父さん、また新しい本買ってきてくれる？　もっと勉強もしたいの。お母さんが帰ってきたときに、たくさん褒めてもらいたいんだ」

無邪気にそう言う月を見て、お父さんは、幸せそうに目を細めた。

「かわいい月は、宝物だ」

お父さんは、奇妙なベネチアンマスクをつけた月を抱き寄せ、かわいいかわいいと言った。

「花、今度また講習会があるんだ。手伝ってくれるね？」

「うん」

心理療法士として普段は診療室を経営しているお父さんは、たまに各地で講演会や勉強会を開いている。

児童虐待の被害者のメンタルケアや、闇を抱えた加害者の負の連鎖を断ち切るための活動で、お父さん自身も「これがライフワーク」と言っている。

「わたしも、お父さんのこと手伝いたい」

月が付け合わせのポテトを頬張りながら言う。

「ありがとう。大きくなったら月にもお願いするよ」

「でも、わたしが大きくなるころには、虐待なんてなくなってるよね」

「ああ、そうだと良いね」

「うん。だってお父さんってすごいから」

わたしは、食べながら喋《しゃべ》り続ける月を「お行儀が悪いよ」とたしなめる。

それでも興奮した月は喋るのをやめない。

「お父さんだったら、絶対虐待をなくせるよ。だからお姉ちゃんも手伝ってるんでしょ」

「うん。そうだね。なくなればいいと思ってるよ」

表情を変えないベネチアンマスクの下で、月は声を弾ませた。

お父さんがどんなに頑張っても虐待がなくならないことを、わたしは知っている。

「でもさ、虐待がなくなったら、お父さんの仕事なくなっちゃうね～」

月は、まるでおもしろくもないことを言いながらケタケタと笑い、お父さんは真意が読めない薄笑いを浮かべていた。

「ごちそうさまでした」

わたしは、そう言ってほとんどハンバーグに手をつけないまま食卓を立った。

「食器は後で洗うから、流しに下げておいて。少し疲れたから部屋で休んでくる」

わたしの顔色を察してか、お父さんは、

「もしかしてダイエットか?」

なんて、柄にもない冗談を飛ばすが、わたしは無視してリビングを後にした。

薄暗い廊下に出て、ひんやりとした空気に身震いした。その瞬間――

「……きゃ!」

足が温かい何かに触れた。

慌《あわ》てて下を見ると、そこにいたのは、

「……どうして……」

診療室のケージの中にいるはずのウサギが、なぜか廊下に座り込み、じっと丸くなっている。

一瞬驚いたが、慌ててわたしは真っ白のウサギを抱き上げた。

「危ないよ。踏むところだった」

わたしは、ウサギの赤い目をじっと見つめてそう伝えて、ふわふわの背中を撫でた。

この家の中で、わたしが心を許せるのはウサギだけだ。お父さんのことは尊敬しているし、月はかわいいし大切だ。

でも、心を許せているかと言われれば、それとは違う。

ウサギだけは、いつでもただじっとわたしに寄り添ってくれた。

「今日は、お父さんに内緒でわたしの部屋で一緒に寝る？」

わたしは、そっとウサギの耳元に顔を寄せ、干草のような匂いを嗅《か》ぎながらそう囁《ささや》いた。

「花。どうした？」

お父さんは何かを察したのか、廊下に出てきた。その瞬間、ウサギがわたしの腕をすり抜け廊下へ飛び降りると、診療室の方へ跳びはねながら去っていった。

「なんでもない。ウサギを踏みそうになって、びっくりしちゃった」

「さては、月がケージ開けっぱなしにしたな」

お父さんは、やれやれと言った調子で、芝居掛かったため息をつくと、

「月ー！　だめじゃないか」

と言いながら、リビングに戻っていった。

再び一人になったわたしは、ウサギが去って行った廊下の奥の暗闇に目をこらす。

何か小さな異物が胸につかえているみたいで、息苦しい。

わたしは、いつか壊れてしまうの？　そんな恐怖がふいに襲いかかった。

ふらふらとした足取りで、吐き気を堪《こら》えながら階段を登る。

自分の部屋に着くと、すぐにベッドに潜り込み、頭から布団を被った。


この家は、異様だ。

仮面を被っているのは、月だけじゃない。わたしもお父さんも、ずっと何かを探り合っている。

少しずつ歪《ゆが》みが広がり、ギシギシと軋《きし》み始めた。

わたしは目を閉じて、耳を塞《ふさ》ぎ、家族で最後に乗ったメリーゴーラウンドを思い出し、身を委《ゆだ》ねる。

わたしの魂はまだ、あの揺れる木馬の上に置き去りのまま、永遠にぐるぐると回り続けている。

2
純

熱帯魚のいる水槽を、ぼんやりと見ていた。

ここは、僕だけの小さな海だ。

「これが、ネオンテトラ、小さくてかわいいでしょ。髭《ひげ》が生えてるのがコリドラス。クーリーローチはどじょうの仲間だよ。本当はグッピーも入れたいけど、喧嘩《けんか》しちゃうから」

静かすぎる部屋に、僕の声だけが響いている。僕が喋るのをやめると、水槽のエアポンプが小さく、低く唸《うな》っていた。

もう夕方で薄暗いのに、部屋の電気を点《つ》ける人はいない。

僕が、水槽の目の前に座り込んでいる間に、すっかり陽は暮れていた。

「熱帯魚ってずっと見ていられるね」

返事をしてくれる人もいない。

僕は、水槽から目を逸《そ》らし、顔を横に向けた。

「ねえ、お母さん」

もちろん、返事はない。

お母さんはいつものようにうずくまって、何もない空間を見ている。まるで表情はなく、たぶん感情もない。

たまにもぞもぞと動き回るが、喋ることもないし、僕を認識しているのかもわからない。

お母さんはある日、空っぽの抜け殻になってしまった。温かくてお母さんの形をしているだけの何かになった。

「ただいま」

その声と同時に、部屋の灯りが点いた。

「おばあちゃん。おかえり」

お母さんがこうなって以来、おばあちゃんもすっかり塞ぎ込んでいる。ほとんど誰も言葉を発さないので、家はいつでも静まり返っていた。

おばあちゃんは、お母さんの母親だ。お母さんがお母さんでなくなってしまってから、一緒に暮らすようになった。

大切な娘がおかしくなってしまってすぐは、なんとか治そうと病院を駆けずり回っていた。最初はおばあちゃんも必死だったけれど、今はもう何もしていない。

どんな名医に見せてもお母さんの症状は原因不明。治療法もなく、お手上げだったのだ。

元気だったお母さんは帰ってこないのだと、僕も理解している。

それどころか、僕はこうなる前のお母さんの姿をほとんど覚えていない。思い出そうとしても、靄《もや》がかかったように、視界が霞《かす》んでしまうのだ。

僕は、お母さんのどこが好きだったのだろう。

一緒に何をしたのが楽しかった？

何を教えてもらった？

どんな料理が好きだった？

うっすらとした記憶をどうにか辿《たど》ろうとしても、どうしても辿り着けない。

人は、辛《つら》かった記憶を消し去ろうとする本能があるのだと、どこかで聞いたことがある。

たしかに、お母さんが病気になってしまったことは、悲しいことだ。そうなってしまったときのことを覚えていたら、僕はまともではいられなかったかもしれない。

これは、お母さんなの？

お母さんの形をした、なんなの？

僕は、丸まっている背中にそっと手を当てた。

手に触れる温度は異様なほど温かい。


僕はどんな悲しみでも受け入れる覚悟をしている。

だって、今以上の辛いことなんて、ないでしょ。

だから、今日も真相を探し続ける。


僕は水槽の前を離れ、自分の部屋へ向かった。

部屋に入り、目に飛び込んでくるのは壁に貼った大きな地図だ。

「これで、五人目」

僕は机に置いていた写真を手に取り、その地図に画鋲《がびょう》で留めた。

その写真には、お母さんのような抜け殻になってしまった人が写されている。僕が街で見かけて、撮影したのだ。

この街には、少なくとも五人以上、同じ症状の人がいる。

警察の捜査のように大きな地図を部屋の壁に貼り、資料となる写真や取材メモを貼り付けていた。

この街にだけ流行《はや》る伝染病？　だとしたら僕やおばあちゃんにうつらないのはなぜ？

呪いや心霊現象？　そんなの、信じられるわけない。

「……精神病……」

僕は、呟《つぶや》いた。その言葉の重みを感じながらぎゅっと目を閉じる。

心を病んですべての感情や思考をシャットアウトしてしまうことは、きっとあるだろう。

伝染病や、心霊現象より、精神を病んで心神喪失になったという方がずっと真実味がある。それに……。

僕は、五枚の写真が貼られた地図をじっと見る。

真ん中にあるのは「くぼ心理療法室」の文字。そして、院長の写真だ。これも、僕が隠し撮りしたものだけど、撮られていることを知ってか、院長はカメラをじっと見据えている。

鋭い眼光だ。睨《にら》まれたようでドキリとしたが、僕は目を逸らさない。

この診療室に何か、解決の手がかりがあるかもしれない。

そのとき、ノックの音とともに扉が少し開き、おばあちゃんの声が聞こえてきた。

「純《じゅん》、夕飯できたわよ」

「ねえ、おばあちゃん。くぼ心理療法室って……」

僕が振り返り、そう言い掛けたとたん、おばあちゃんはカッと目を見開き、血相を変えた。

「もういい加減、警察ごっこみたいなことをするのはやめなさい!!」

「……え?」

僕がその形相に驚き、ぽかんとしていると、おばあちゃんは慌てて何かを取り繕《つくろ》うように、

「いいから早く食べちゃいなさい」

と、もごもごと言い、バタンとドアを閉めて行ってしまった。

僕は慌ててパソコンに向かい「くぼ心理療法室」と検索した。するとそこには、

【ヒプノセラピーでトラウマが消えました】

【人生が明るくなりました】

【院長の窪《くぼ》先生は一流です】

など、院長を絶賛する声が並んでいた。今度はヒプノセラピーという言葉を調べる

と、前世療法や催眠療法という文字がヒットする。

読めば読むほど混乱するし、お母さんたちのような心神喪失状態との関連性はまったく見えない。

ただ、ここにいるだけでは何も変わらないし、わからない。僕は、早速《さっそく》明日の朝くぼ心理療法室を訪ねようと決めた。

考えれば考えるほど混乱は深まるばかりで、僕はうまく眠ることができない。部屋の壁に貼られた写真の人たちが、月灯りに照らされながらいつもと同じ異様な目つきで僕を見ている。

僕はその視線から逃れようと頭から布団をかぶり、耳を塞ぎ、ただ、ひたすら夜明けを待った。

そのうちに朝を迎えたということは、枕に顔を埋めたままでもわかった。それほどに、真夏の朝陽は輝かしく、部屋に降り注いでいた。あまりにも僕の気持ちとは裏腹で、うんざりしてくる。

僕はぼんやりとした頭で身支度をし、部屋を出た。

「おばあちゃん、ちょっと出かけてくる」

僕は廊下からリビングに向かって呼びかけた。

「こんな朝からどこに行くの」

「ちょっと散歩。行ってきます」

後ろからおばあちゃんは僕の名前を呼んでいたけれど、振り切るように玄関に向かった。

そして玄関に着くと、お母さんが、玄関にかがみ込んでいつものように僕の靴の上に乗っている。

「お母さん、やめて」

動くことを促すように軽く背中を押しても、お母さんは微動だにしない。

「ねえ。どいてよ」

お母さんは、表情を変えることも、僕の顔を見ることもない。

こんなことは日常茶飯事だ。慣れてる。いつものことだ。……いつものことだけど。

怖い。気持ち悪い。もう、こんなの嫌だ。

半ば奪うようにお母さんのお腹の下から靴を引っぱり出すと、お母さんは、恨めしそうに僕のことを見た。

「……この靴は、お母さんにあげるよ」

僕は、その場に靴を落とし、学校用のローファーを履いて、玄関を出た。

外の空気を吸っても、心臓がバクバクと脈打っている。

あまりにも強い陽差しが、僕の目をくらませる。思わず俯《うつむ》いて、顔を両手で覆った。

あんなの、お母さんが、かわいそうだ。

おばあちゃんだって、辛いだろう。

それに、僕だってもう、狂ってしまう。


スマホの地図を頼りに、自転車で走り出した。目的地は近い。

太陽が容赦なく僕を照らすのに、震えが止まらない。

自転車を止め「くぼ心理療法室」の看板を確認する。古い洋館のような佇《たたず》まいは、

「……ここだ」

明らかに見覚えがあった。

気づくと、僕の足元にウサギがいた。思わずその場にしゃがみ、背中を撫でる。白いウサギの背中が、夏の光を浴びてきらきらと輝いている。

「こんにちは」

急に声をかけられ、驚いて顔を上げると、白いワンピースを着た女の子が目の前に

立っていた。

僕と、同い年くらいだろうか。真っ黒な瞳で僕のことをじっと見つめている。

「こんにちは」

ああ、この子、知ってる。目があった瞬間に不思議とそう思った。

「これ、君のウサギ？」

「……お父さんが診療室で飼ってるの」


診療室の二階の窓から、二つの影がこちらを窺《うかが》っている。

僕はその存在に気づいていたが、視線を向けなかった。怖かったのだ。

一人は小さな女の子だ。顔が真っ白で、おかしい。もしかして仮面をつけている？

もう一人は、院長。

この前カメラで捉えたのと同じ眼差しを、こちらに向けている。

「ねえ、僕、君と会ったことがある気がするんだ」

女の子は、僕に一瞥《いちべつ》もくれず、ウサギを抱き上げた。

「こうして、毎日運動させてるの。健康管理のためよ。この時間なら、まだ少しは涼しいでしょ」

「僕のこと覚えてる？　覚えてることがあれば、何か教えて欲しいんだ」

女の子はようやく僕の顔をじっと見てこう言った。

「あなたのことを、わたしが教えるの？」

「……うん。思い出せなくて、困ってることがあるんだ」

女の子は、胸にウサギを抱きながら少し眉をひそめる。僕は取り繕うように視線を逸らし、はじめて二階の窓を見た。

人影が、カーテンの奥に隠れるのが見える。

「名前を教えてもらっても良いかな。僕は純」

「……わたしは、花」

「子供の頃、ここでウサギと一緒に遊んだよね」

「……」

花は俯くと、ウサギを抱きかかえて踵《きびす》を返し玄関に向かった。

「待って」

「お父さんに、外の人と話しちゃダメって言われてるから」

僕に背中を向けたままそう言うと、花は、くぼ心理療法室の重いドアを開けて、中へ入っていった。

花の姿が見えなくなり、ドアが軋むギギギという、重い音が鈍く響く。
二階の窓から、きっと院長がこちらを窺っている。
でも僕は視線を上げなかった。
あの日が、僕の思考を奪う。

あれから何度か僕はここを訪れ、花と少しずつ心を通わせていた。
花は僕と同い年の十六歳だ。でも高校には通わず、自宅学習しているのだという。
もうすぐ夏休み。
早々に梅雨《つゆ》が明け、刺すような陽差しが日に日に厳しくなっていた。
僕が暑いね、というと花は笑顔で頷いてくれる。
でも、全然暑そうじゃない。
花はいつでも涼しげな顔で、愛おしそうに夏の光に照らされた木々を眺めていた。
時折寂しそうにするのは、僕と同じ理由だろう。
母親がいるのに、いない。

それは、孤独な僕たちを結びつけるのに十分すぎるほどの理由だった。

――いないなら、いない方が良いと思わない？

――僕もそう思う。いるのに、いないのは辛いよね。

僕のお母さんは、感情も思考も全部停止したまま生きている。

花のお母さんは、病院のベッドで管につながれて眠ったまま生きている。

誰にも分かち合えない孤独や不安をお互い嗅ぎ取って、寄り添うことで安心していた。花はどうかわからないけど、少なくとも、僕は。

3　花

今日、お父さんが、〝お母さん〟を病院から連れて帰ってきた。

五年間眠ったままのお母さんが、治療の甲斐《かい》あって目を覚ましたのだと言う。

玄関を開けるなり、

「お母さんが目を覚ましたよ」

と、お父さんは言った。

わたしと月が驚いて廊下に飛び出ると、お父さんの横には〝お母さん〟が目を潤ませて立っていた。

「奇跡が起きた。五年ぶりに、目覚めたんだ」

お父さんは、喜びに声を震わせ、

「ありがとう。花と月が祈ってくれたおかげだよ」

と、言った。

〝お母さん〟は、目に涙を溜め、廊下に跪《ひざまず》いた。

「花……月……。いつのまに、こんなに大きくなって」

そして両手を広げると、わたしの隣にいた月が玄関に向かって走り出し、〝お母さん〟の胸に飛び込んだ。

「お母さん！」

〝お母さん〟は月を抱きしめながら涙を流している。

「お母さん、会いたかった」

「月、ごめんね。辛い思いさせて。お母さんも会いたかった」

仮面をつけたまま月は〝お母さん〟にしがみついて肩を震わせている。

わたしは、その場に固まったまま、一歩も動くことができない。

〝お母さん〟が、

「花も……」

と言いながら腕を広げる。

「さあ、花」

お父さんもわたしを手招きする。

わたしは恐る恐る、一歩ずつ近づいた。

そして、月の背中に顔を埋めるように寄り添うと、〝お母さん〟は、わたしの背中にそっと手を当てた。

そして、わたしたちを包み込むように、お父さんは三人を抱きしめる。

「これで家族が揃った。……おかえり、繭子《まゆこ》」

お父さんはそう言いながら、わたしたちを強く抱きしめた。

お母さんが目を覚まして嬉しい。

そのはずなのに、どうして。

唇が乾いていく。動悸《どうき》が止まらない。抱きしめられて身動きが取れない中で、わたしは横目で〝お母さん〟の顔を見る。
月の仮面に頬擦りしながら涙を流すその横顔を、まじまじと見据えた。

……この人、誰？

4　純

「お母さんが帰ってきたの」
花は、戸惑いながらそう言った。
どうして花は学校に行かないの？　どうして妹は仮面をつけてるの？
お父さんはどんな人なの？
診療室での治療って何をしているの？
聞きたいことは山ほどあったのに、僕は全部の言葉を飲み込んだ。
今は暑すぎるから、という理由で花がウサギを庭で運動させることはなくなった。

それでも、僕はこうして花と同じ時間を過ごしている。

お母さんの回復は花にとって、最高に喜ばしいことだ。それを素直に受け入れられない自分にもどかしさを感じた。

「おめでとう。本当によかった」

僕は、どうにか祝福の言葉を絞り出した。

「……うん。ありがとう」

花は浮かない顔で視線を落とした。僕を気遣って感情を表さないのかと思い、あわてて笑顔を取り繕い明るく振る舞った。

「花の願いが届いたね。奇跡が起きたんだ」

「……わたし、願ったことなんてあったかな」

「え？」

花は僕の顔をじっと見据えた。その頰はいつも以上に青白く、血の気はない。

「わたし、お母さんにごめんなさい、わたしのせいでこんなことになっちゃって、ごめんって……何度も何度も心の中で謝ってきたけど、目を覚まして欲しいって思ったことあるかな、って」

花は僕の目を見つめたままそう言い、僕の方がたまらず目を逸らした。

「でも、とにかくすごいことだよ。久しぶりにお母さんに会えて、嬉しいでしょ。

……ねえ、お母さんとどんなことを喋ったの？」

僕はそう言いながら再び視線を花の顔に向ける。それでも花は口をつぐんだまま、頷くことすらしない。

午後の一番陽の高い時間。木陰のベンチに並んで座る僕たちの間に、生温《なまぬる》い風が流れた。木の葉の影が足元で揺れている。

花は、膝の上に置いた手でスカートをギュッと握っている。

「違う人みたいで」

「え？」

「お母さんじゃない……気がするの」

「どういうこと？」

「顔が違う」

花は、きっぱりとそう言うと、小声で「気がする」と付け加えた。

「お母さんの顔じゃないってこと？」

「うん。事故で顔の怪我も大きかったから整形手術もしてるんだって。お父さんが言ってた」

「そっか。それで顔が変わっちゃったんだ」

「うん」

花が黙り込んだので、僕は少し悩んで、

「残念だね……」

と、言った。口に出してからもそれがふさわしい言葉なのかわからなかった。

「顔っていうか、何か違う人みたいな気がするの」

「どういうこと？　中身も違うの？」

「自分の記憶がこんなに曖昧《あいまい》だなんて思ってなかった。大好きなお母さんだったのに、すごく違和感を覚えて、月みたいに抱きついたり、甘えたりできなくて……どうしてだかわからないんだけど……」

むせかえるような暑さなのに、花は小さく震えているようにも見えた。僕は思わず、花の手に自分の手を重ねた。驚くほどその手は冷たい。

そのひやっとする体温を通して、花の戸惑いや恐怖心が伝わってくる。

「純くん。わたし、自分でも何を言ってるかわからない。変だよね。嬉しいはずなのに」

「ううん。花の気持ち、よくわかる」

きっと、僕としか分かち合えないだろう。きっと花は、再びはじまった家族団欒《だんらん》の風景の中で、凄《すさ》まじい孤独と恐怖を感じているのだ。

僕はたまらず、両手で花の手を包み込んだ。

「純くん。わたし、怖い……」

きっとまだ新しいお母さんの顔に慣れてないだけだとか、急展開に心が追いつかないだけだとか、そんなことを言ってもきっと花を傷つけるだけだろう。

安易な慰《なぐさ》めの言葉を花は必要としていない。少なくとも僕にそれを求めていない。

「ねえ。花。その人、本当にお母さんなの？」

花は、俯いたまま僕の手を握り返した。

「もしかして、お父さんが全然違う人を連れてきたってことはない？」

自分の発言の重さに押し潰されそうになる。軽々しく言ったわけではないけれど、口に出すと、想像以上に感情が揺れ動く。本当に恐ろしいことが起きているのかもしれないのだ。

「花のお父さんって、ヒプノセラピーって、催眠術みたいなことしてるんでしょ？もしかして、その人に花のお母さんだって思い込ませたのかも……」

花は、僕にようやく視線を向け、少しだけ目元を緩めて微笑《ほほえ》んだ。思いがけない表情に驚いて、僕は口をつぐんだ。

「純くん、変なこと言ってごめんね。急だったからまだ気持ちが追いつかなくて。まさか、目を覚ますとは思ってなかったの。だって、五年間も眠ったままだったんだよ。それにね……」

僕は花の手を握ったままだ。我にかえり急に気恥ずかしくなってしまい、慌てて手を離し引っ込めた。その姿がおかしかったのか、花はくすりと笑った。

「お母さん、わたしのこと怒ってるんじゃないかなって思って」

「え？　なんで？」

「だって、事故に遭ったの、わたしのせいだから。わたしが遊園地に行きたいって言って、メリーゴーラウンドに乗りたいって駄々こねて……。そんなこと言わなければ、事故に遭ってなかった」

花と出会ってから何度も何度も聞いてきたセリフだ。僕は飽きもせず、そう聞かされるたびに「花は悪くないよ」と言い続けてきた。花の不安をきちんと受け止めるという覚悟を、伝えたかったのだ。

ただ、今日はどうしても、いつもの言葉がうまく出なかった。

「違うよ、花。事故に遭ったのは居眠り運転のトラックのせいだ。僕、ちゃんと事故について調べるよ。何が原因で、どういう状況で事故が起きたのか。事故の後、加害者がちゃんと裁かれたのか、どんな罰を受けたのか、一緒に調べよう。そしたら、自分のせいだなんて、思わなくなるよ」

花は、一瞬驚いたような顔をしたが、まるで僕を憐《あわ》れむように悲しそうに微笑んだ。

「事故のことは思い出したくないの。もうこの話はやめよう」

そう言われてしまうと、もうこれ以上話を続けることはできない。

「ごめん」

花が頷くのを見届けると、どうしても伝えたいことだけ付け加えた。

「でもね、そんな大事故だったのに、全員命は助かったんだよ。それって、すごいことじゃないかな」

もちろん、花の返事はない。僕の言葉は、真夏の澱《よど》んだ空気に溶けていく。無神経なことを言った自覚はある。消え入りそうな僕の声が、けたたましく響く蟬の鳴き声にかき消された。

「たしかに、そうだね。奇跡だね……。ありがとう、純くん」

花の声は、優しかった。僕は花に気を遣わせてしまったことが申し訳なく情けなかった。

ついさっきまで手を握り合っていたのに、急に花との距離を感じる。花は、僕に笑顔を向けてくれた。


うだるような暑さだった。

徐々に現実に引き戻され、汗が噴き出て背中を伝う。

「……暑い」

思わずポツリとつぶやいた。

花は汗ひとつかかず、相変わらず涼しそうに血の気のない顔をしている。

「家で麦茶でも飲んでいく？」

「え？」

花は至って平常心のようだけど、僕は驚いてすっとんきょうな声をあげてしまった。

「うち、陽当たりが悪いから、夏でも涼しいの。……それに」

僕は、ふいに視線を感じて、反射的に診療室の二階の窓を見上げた。視線の先で、人影が動く。

見られてる。

僕がそう気づくのと同時に、花は言った。

「お父さんが、仲良くしてる子がいるなら、紹介してって」

「え……」

言葉を失う。

花は、外界との接触を父親によって断たれているのだ。事故の影響で心に傷を負っているので、安全な家の中にいるようにと厳しく言われているのだと言う。

学校にも通えない精神状態なのだから、たしかに外部の刺激は強すぎるだろう。事故について何か言われてフラッシュバックが起きる可能性だってある。誹謗中傷にさらされる可能性だってゼロではない。

たしかに、花は守るべき存在だ。僕にとってもそうなのだから、お父さんにとってはなおさら。

「お父さん、純くんに会いたがっているんだよ」

そんなわけない。もちろん、こうして僕と会うことだって許されることではないのだ。

　ただ、もう十六歳の花の意思を、お父さんなりに尊重しようとしているかもしれない。

　僕の中で、花のお父さんに接触したい気持ちと、関わりたくないという気持ちが混在していた。

「お父さんが、そう言ったの？」

　花は、少し微笑んで頷いた。

　そして唐突な展開に僕は完全に戸惑っているし、体の奥からじわじわと湧き上がるような、異様な拒否反応を起こしていた。

　お父さんに会えば、花のお母さんのことも、僕のお母さんのことも真相がわかるかもしれない。

「ありがとう。今日は母さんの世話があるから帰るけど、今度遊びに行くね」

「うん。約束だよ。お父さんも月もよろこぶと思う。……お母さんも」

　僕たちはいつものように「またね」と言い合い、僕は花を残してベンチから立ち上がる。止めていた自転車にまたがり、振り向かずにその場を去った。

　いつも僕は、一度自転車を止め、振り返って花に手を振るけれど、今日はどうしてもそれができなかった。背中に花の視線を感じて苦しい。同時に、いつもと同じようにもうひとつの視線を感じていた。

花は、家族でメリーゴーラウンドに乗った思い出をよく話してくれた。

――わたしもお父さんも、お母さんも月も、まだみんなあのメリーゴーラウンドに乗ったままぐるぐる回っている気がするの。

僕は自転車を漕《こ》ぎながら花の言葉を思い出している。僕は、メリーゴーラウンドに乗ったままの花の手を引いて、こちらの世界に連れ出してあげたいんだ。

急に雲行きが怪しくなり、汗でびっしょりと濡れたシャツが冷たく感じる。空が急に暗くなり、大粒の雨がぽつぽつと落ちてきた。僕は自転車を加速させ家に向かう。埃《ほこり》の匂いが立ち、ばらばらと鳴る雨音の中に雷鳴が混ざった。僕の髪や腕は濡れ、太ももにべったりとズボンが張り付いた。

怖がりの花は、震えて泣いているだろうか。雷に怯《おび》えても、家には母親を名乗る知らない女の人と、奇妙な仮面をつけた妹と、どこか怪しげな父親しかいないのだ。花には僕しかいない。

独りよがりの使命感かもしれないけれど、この広い世界で、僕たちはお互いを理解し合える存在に出会うことができた。それだけはたしかなことだ。

家についた僕は、玄関で靴を押し潰しながらうずくまっているお母さんに「ただいま」と声を掛け、ずぶ濡れのまま自室に行く。

そして、濡れたシャツを脱ぎ捨てると、タオルを頭からかぶり、そのままパソコンデスクへ向かった。

部屋は真っ暗だったが、電気を点ける手間すら惜しい。窓の外の稲光が、パソコンの画面を照らした。

僕は、事故について知りうる情報をパソコンの検索窓に打ち込んでいく。これまで全てを知り過ぎてしまうのが怖くて、避けていたことだった。

でも、もう躊躇《ためら》っていたら先には進めない。

絡まった糸を解くための、唯一の手段が、全てを知ることだ。

雷鳴があまりにもドラマチックに響くので、思わず苦笑いした。僕はきっと今、ミステリー作品の主人公のような険しく、緊迫感に満ちた顔をしているのだろう。

窪司朗《しろう》　一家　トラック事故

そう検索すると、いくつかの過去のニュース記事がヒットした。

タイトルには、

【居眠り運転のトラックが乗用車と衝突。家族四人を襲った遊園地帰りの惨事】

と記されている。

「これだ……」

間違いないと確信して、僕は意を決してタイトルをクリックした。

23日午後8時半ごろ中央自動車道出口付近で、居眠り運転と見られる大型トラックが乗用車に追突した。乗用車に乗っていた窪司朗さん一家4人が救急搬送《はんそう》されたが、妻の繭子さんと次女の月さんが意識不明の重体。

ここまで読んで、ぴたりと思考が止まった。違うサイトを見てみると、「亡くなった次女の月さん（5歳）」と記され、小さな女の子の顔写真が現れた。

女の子はもちろん仮面をつけていない。幼稚園の制服姿の、笑顔の写真だ。

「亡くなった……？」

僕は、思わず呟いた。急に殴られたような衝撃で、耳の奥がキーンとなる。
「亡くなった？　月ちゃんが？」
そんなわけない。僕は、他の記事を検索する。

窪司朗　交通事故　月
窪月　重体
中央自動車道　トラック衝突事故　次女　回復

五年前とはいえ、居眠り運転のトラックが引き起こした大事故だ。ヒットする記事は多く、僕は震える手でクリックを繰り返した。

死者1名　重体1名　重傷1名　軽傷1名
重体だった次女が死亡。
救急搬送され治療を受けていた窪月さんが、死亡しました。
僕は貪るように記事を読んだが、どの記事でも事故の数日後に次女の月が亡くなったと書かれている。

これは、何？　どうなってるの？

今、月ちゃんはたしかに家族とあの診療室の中で暮らしているのだ。命を失いかけたのは月ちゃんではなく、お母さんだ。

月ちゃんは元気な姿で、帰ってきたお母さんを出迎えた。

花が嘘《うそ》をついているの？　理由は？

もしかして、お父さんによる催眠術のせいで妹が生きていると思い込んでいるとか……。

じゃあ、二階の窓越しに見えた、あの仮面をつけた女の子は一体誰？

考えれば考えるほど混乱に陥り、寒気がする。全身に鳥肌が立ち、耳鳴りはひどくなる一方だ。

僕は、振り返って壁に貼っている地図を見た。抜け殻のような人間たちの写真の真ん中で、窪司朗が不適な笑みを浮かべたように見えた。僕を見ている。

「おまえは、誰だ」

僕は窪司朗に向かって言った。

「誰なんだ」

窓に映る稲妻が、窪司朗の瞳を光らせる。闇を切り裂くような雷鳴が、僕の言葉を遮《さえぎ》った。

一瞬訪れた静寂を破るように、ズボンのポケットに入れたスマホの着信音が鳴った。窪司朗と目を合わせたまま、ゆっくりとスマホをポケットから取り出す。通知を見ると予想通り花の家からの着信だった。花はスマホやパソコンを持っていなかったので、連絡手段として携帯の番号を教えていたのだ。

「……もしもし」

『もしもし、純くん？』

花はいつものように、その甘く優しい声で僕の名を呼ぶ。お腹の奥から突き上がるような愛おしさは、一瞬僕の呼吸を奪った。

「花……」

その名を呼びたくて、僕は声を絞り出す。たった今知ってしまった事実はあまりに重く残酷で、これ以上言葉が続かなかった。

『はじめて電話したから、ちょっと緊張しちゃう』

花は照れくさそうに笑った。込み上げる思いに押しつぶされそうになる。守りたい。助けたい。救い出したい。

花を恐怖に陥れる何もかもを、僕がこの手で取り払いたい。

「……電話くれて、嬉しいよ。どうしたの？」

『あのね。今度の日曜日、うちで月のお誕生日パーティーをするの。お父さんが、ぜひ純くんに来てもらおうって。わたしも、純くんのこと家族に紹介したいんだ』

「そうなんだ」

『……来てくれる？』

花は少し不安そうに声をひそめた。

「もちろんだよ。招待してくれてありがとう」

僕がそう答えると、花は「嬉しい」と声を弾ませた。

そして、月ちゃんへのプレゼントは何が良いかなど、少し気楽な話をしてから電話を切った。

再び一人になった僕は意を決して顔を上げ、再び写真の窪司朗と睨み合う。

ついに、僕は彼と対峙《たいじ》する。

「何が目的なんだ」

耳をつんざくようなすさまじい音で雷鳴が轟《とどろ》き、パソコンの画面がぷつりと消えた。

音のない世界で、僕の視界は真っ赤に染まる。

5　花

定期的にお父さんが開催している「子どもの幸せを守る会」の講習会で、わたしは手伝いをしている。椅子を並べたり、受付をしたり、プリントを配ったりの雑用程度だけど、唯一の外との接点なので、毎回少しワクワクする。

ただ、今日はとても気が重い。

ネットで嫌な記事を見たからだ。世の中がこんなに悪意に溢《あふ》れているなんて、知らなかった。

心の傷が癒《い》えてないから学校には通わない方が良い、とお父さんがずっと言っていた理由が今ならわかる。

外の世界は嘘ばかりだし、憎しみに満ちている。とくにインターネットに書かれていることなんて100%嘘だ。わたしは確信した。

まさか、純くんまでそんな情報に踊らされるなんて……。

純くんはそういう人じゃないって思っていたから、わたしは傷ついてしまった。

昨日、わたしは純くんに神社の小道に呼び出された。まるでデートの待ち合わせみたいだと、わたしは少し浮かれた気持ちで待ち合わせ場所に向かった。……でも、そこにいた純くんは真っ青な顔をしていて、顔を見るなりわたしにスマホを差し出した。そこには、わたしたちが事故に遭ったときのニュースが載っていた。

——花。これ見て。月ちゃんが事故で死んだって……。

純くんは、青ざめた顔をしていたけれど、わたしはカチンと来ただけ。だって、月は死んでない。心と顔に負った傷は大きいけれど、元気に生きている。もし、月がこのニュースを見たらどれだけ傷つくだろう。やっぱり、月も家の中で守られていた方が良い。お母さんが帰ってきたのだから尚さら、月にとって家の中は安心する場所になったはずだ。

「花、まだフェイクニュースのことを気にしているのかい？」

講習会の休憩時間、部屋の隅のパイプ椅子に座るわたしにお父さんが声をかけてきた。

わたしはうまく言葉が見つからなくて、黙ったままでいた。すると、お父さんはわたしの肩に手を置いた。

「気にすることないよ。ネットに嘘が書かれるなんて、当たり前のことだ。きっと、花の友達は、誹謗中傷を心配して教えてくれたんだ。純くんだっけ？　良い友達ができてよかった。……月の誕生日会には来てくれるって？」

「うん。楽しみにしてるって」

「そうか。それは良かった。お父さんも会えるのが楽しみだよ」

お父さんは、わたしが頷いたのを確認すると再び登壇した。

純くんが、ネットのニュースを信じてしまっているなら、実際月に会ってもらうのが一番だ。それに、わたしの家族と純くんが仲良くなってくれたら、とても嬉しいから。


お父さんの「子どもの幸せを守る会」の活動は、お金目的ではない。実際、運営にはお金がすごく掛かっている。それでもお父さんはこの活動を積極的に広めている。

「とにかく私は、一人でも多くの子供たちの幸せを願い、それを実現できるよう活動しています。そのためにはお集まりの皆様、一人一人のお力が必要です」

数十人集まった参加者の前で、お父さんは語る。参加者はみんな大きく頷いたり、ときに涙を流したりしていた。

「児童虐待は必ずなくなります。なくさなくてはいけません」

お父さんのことは、正直理解できないことも多いけれど、この活動に関しての強い思い入れは伝わってくる。どうにかして児童虐待がなくなるように、身を削って奮闘している様子は気迫に満ち溢れていた。

お父さんは、きっと、とても愛情深い人なのだ。本人曰《いわ》く「海よりも深く」家族を愛し、守ってくれている。

わたしはぼんやりとした不安を抱える毎日の中で、この活動を通してお父さんのことを信じようと必死だった。

お父さんは演説しながら壁際にいるわたしに視線を向けた。わたしは少しだけ笑顔を返す。


「一昨年度の児童相談所での対応件数は約19万4千件。このうち虐待された本人からの相談は1663件。たったの0・9%です。子供は声を上げられません。愛する親から虐げられ、叫ぶこともできずに苦しんでいるのです。やるせないですよね。そんな現状で、我々に何ができるでしょうか。今日はそれを皆さんと一緒に考えていきたいと思います」

お父さんのよく響く声を聞きながら目を閉じると、瞼の裏をあの日のメリーゴーラウンドがぐるぐると回り始める。

お父さんと、お母さん、わたしと、月。

幸せだった、あの瞬間は、永遠に続いている。


「残念なことに、今は社会全体が病んでいます。その中で、子供たちは唯一無二の希望です。希望を大切にしましょうよ。大人たちが本気になって、命を掛けて子供たちを救いましょうよ。そうすれば、世界は明るくなると思いませんか?」


ぐるぐる回る。

止まらないメリーゴーラウンドに、わたしたちは乗っている。

笑顔で、心地よい揺れに身を委ねて。

いつまでも、いつまでも……。


「少し私、窪司朗についてお話しさせていただきます。私がヒプノセラピーと出会ったのは精神医学を学んでいた大学生のころ。退行催眠を通して、自分の本質と出会い、魂を癒《いや》していくという治療法に魅了されました。そして大学卒業後はイギリスに留学し、さらに宗教に深く根付いた精神世界と出逢います。密教の教えは、魂を浄化するというもの。虐待加害者の多くは虐待を受けていた過去があり、負の連鎖が続いていきます」

メリーゴーラウンドはぐるぐると回る。

わたしの前の木馬に乗っているお母さんが、ゆっくりと振り返る。わたしはお母さんと微笑み合う瞬間を待つ。

その顔は……

「心当たりがある方は、どうか目を閉じて私の声に耳を傾けてください。勇気を出してこの場に来てくれた方の決心を僕は尊重します。さあ、魂の一番深いところまで共に遡りましょう」

わたしのお母さんはどこにいるの？

まだメリーゴーラウンドに乗ったまま?

チリンチリンと心地よい鈴の音が耳に触れる。

これは、お父さんの治療が始まった合図。

ゆっくりと振り向くと後ろの木馬に乗ったお父さんが、顔の前で小さな鈴を揺らしている。穏やかに微笑んで鈴を握りしめると、今度は人差し指で8の字を描いた。

過去と今をつなげる∞マーク。

「人はみんな、一人で生きていくことはできません。さあ、心の手をつなぎましょう。一緒に傷ついた魂を癒していきましょう」

メリーゴーラウンドはいつの間にか、たくさんの人で賑わい、どの木馬にも人が乗っていた。

この場にいる人たち全員が、木馬に乗っている。

回る、揺れる、
鈴が鳴る。
お父さんの人差し指は永遠を描いている。
グルグル、
グルグルと。
「二十歳、十九歳、十八歳、十七歳……十六歳。かけがえのないみずみずしい日々に、あなたは立っている。夏休み。蟬の声。夕立が来る前の、湿った匂い」
グルグル、
グルグル。
「十五歳、十四歳、十三歳、十二歳、十一歳……十歳……九歳。あなたは今、九歳です。何が見える？　……そうだね。蝶々が見える。青空の下、追いかけている。心地よい風が頬に触れる。どこまでもどこまでも……」

グルグル回る指。
まわるまわる。

「さあ、君は八歳になるよ。それから七歳。六歳、五歳、四歳……三歳……二歳……一歳……ゼロ歳……。何が、見えるかな」

どこからともなく、上がる、無邪気な笑い声。ふにゃふにゃした泣き声。

会場では大人たちがまるで赤ん坊のように泣いたり笑ったりしている。
わたしにとっては、とても奇妙な光景だし、これがお父さんの力かと思うと、恐ろしさすら感じる。
ただ、わたしにはわからない。どれだけお父さんの誘う世界に身を委ねようとしても、わたしの視界はいつでも揺らぐことなく、捉えるのはいつでも目の前の現実だけだった。

「これが、魂が浄化されていく風景よ」

急に背後から声がして、驚いて振り返る。

「なんて美しいの……。目が覚めて良かった」

そこに〝お母さん〟が涙を流しながら立っていた。

〝お母さん〟は、椅子に座ったままのわたしを背中から抱き締める。

わたしはふいに体を離して、後ろを振り向いた。〝お母さん〟の顔をじっと覗き込んだ。やっぱり、目の下にほくろがある。

「わたし、お腹空いちゃった」

「おうち帰ってすぐご飯の支度をするわ。何が良いの?」

「わたしの大好物」

「うずらの卵とコーン入りの、ミートローフね」

「うん。そう」


——クリスマスのミートローフには、ふつうの卵じゃなくて、うずらの卵を入れてほしいの。そっちの方が、好きなの。

お母さんにだけそっと耳打ちした、愛おしい内緒話。

やっぱり、お母さんなのかな。

「……お母さん……？」

恐る恐る、わたしはそう呟いた。

「やっと、お母さんって呼んでくれたわね」

〝お母さん〟は再びわたしを抱き締める。わたしはその手に、自分の手を重ねる。

手首が力強く脈打っている。まるでウサギのように鼓動は早く、驚くほど、温かい。

6　純

そこは、想像を超えた不思議な空間だった。

「お誕生日おめでとう。月ちゃん」

パーティー会場は豪華な応接間だ。古い洋館の雰囲気そのまま、薄暗くすえた匂いが漂っている。

グランドピアノに絵画や陶器などの調度品。革張りのソファー。豪華なダイニングセット。

その現実離れした空間に、手作りのHAPPY BIRTHDAYの貼り紙や風船、折り紙で作った装飾が、いたるところに不規則に配置され、そのアンバランスさが異様な雰囲気を醸し出していた。

主役の月はドレスアップをしている。花嫁衣装のような真っ白なドレスを着て、ウサギの耳のカチューシャをつけていた。

そして、表情がまったくない陶器のベネチアンマスクが、ぴったりと顔に張り付いている。

「純くん。今日はきてくれて本当にありがとう。プレゼントも本当に嬉しい」

月は、僕がプレゼントした大きなウサギのぬいぐるみを抱いていた。その姿を、お父さん、〝お母さん〟と花が目を細めて愛おしそうに見ている。

「喜んでくれてよかった」

「うん。わたし、ウサギがだーいすき」

月の声は弾んでいるが、当然仮面にはまったく生気がない。最初は驚きと恐怖で言葉を失ったが、不思議と慣れてくる。そしてその無邪気な振る舞いも、明るい笑い声も、人懐っこい仕草もすべてが愛らしく、月はとてもかわいかった。

僕は、家族と共に食卓を囲み、目の前に広がる光景をぼんやりと見ている。この家族は奇妙だ。父親は怪しげな催眠術を生業《なりわい》にし、娘たちを軟禁している。急に目覚めた母親の正体は不明だし、長女は心を病み、次女は四六時中仮面をつけ、家族にも素顔を見せない。

ただ、僕の目の前にいる四人はたとえ偽りであったとしても、幸せそうだった。とだえることのないお喋り。笑い声。食卓にずらりと並ぶ色とりどりのごちそう。僕の記憶の片隅にもない、温かな家族団欒の風景だった。

頭の奥がどんよりと重くなっていく。僕のお父さんはどんな人だったんだっけ。

血のつながった父のことは思い出しようもない。十八歳で妊娠したお母さんのことを見捨て、逃げたのだ。お母さんは未婚の母として僕を産むことになった。僕は、本当の父親に会ったことがない。当然認知もされていないし、消息不明なので名前も、今どこで何をしているのか、家族がいるのか、生きているのかさえ知らない。

もう一人は、子持ちのシングルマザーと結婚した義理の父だ。当時僕はまだ赤ちゃんで、三人家族での生活は五年ほど続いたらしい。小学校に上がる頃にはすでに離婚していて、またお母さんとの二人暮らしに戻ったのだ。

ただ、不思議と、三人家族だった時代を断片的にしか思い出せないのだ。顔すら、はっきりと浮かばない。写真も一枚も残っていなかった。

だから僕は、家族団欒の風景を知らない。

その後、シングルマザーとして僕を育てたお母さんは、仕事を掛け持ちして必死に稼ぎ、とにかく生活するのに必死だった。僕はその苦労も知らず、ただただ寂しく、不満ばかりを抱えていた。

でも、その思い出もぼんやりと霞んでいる。退屈すぎて記憶に残らなかったのか、心を守るために消し去ってしまったのか、僕にわかるすべはない。

ただ、もしかして楽しく幸せな日々だったのだとしたら、記憶をたぐり寄せ、つなぎ合わせたい。

僕はこれ以上ないほど不自然な一家団欒を目にしながら、不思議とそんなことを思った。

窪司朗の低く響く声を聞いてると、靄がかかったように頭がぼんやりとしてくる。古い洋館独特の薄暗さと匂いが、まともな思考を奪っていく。テーブルの上で揺れるアロマキャンドルをぼんやりと見つめる。……揺れる。

「純くん？　大丈夫」

「え？」

花の声で我にかえる。

「ごめん、見惚《みと》れちゃって。みんな仲が良くて羨ましいよ」

僕がそう言うと、月が仮面の下で声を弾ませた。

「うん！　だって、お母さんが帰ってきてくれたし、とっても嬉しいんだ」

喉がカラカラの僕はうまく返事をすることができず、笑顔を懸命に作り、頷いた。

そんな僕のことをじっと見ていた窪司朗が言う。

「純くん。顔色が悪いみたいだけど、体調が悪いのかい？　良かったら診療室のベッドで横になって休んでくれれば……」

「え……」

窪司朗の顔を見ると、邪悪な笑みを浮かべていた。ひんやりとした感覚とともに体中が総毛立ち、身動きが取れなくなった。

「さあ、純くん……」

窪司朗が僕に手を差し伸べる。僕はその指先から目が離せない。

そのときだった。急に部屋の電気が消え、明るい声が静寂を打ち破る。

「ハッピーバースデー！」

〝お母さん〟がキャンドルに火が灯ったバースデーケーキを運んできたのだ。僕は我にかえり、窪司朗も何ごともなかったかのように拍手でケーキを迎える。

月は飛び跳ねて歓喜の声を上げた。

「すごい！　美味《おい》しそう！」

「手作りなのよ。久しぶりだから、美味しくできたか不安」

「お母さん、帰ってきてくれてありがとう」

月はケーキを運んでいる〝お母さん〟に飛びつき、花と窪司朗にたしなめられた。

ハッピーバースデートゥーユー
ハッピーバースデートゥーユー
ハッピーバースデーディアルナ
ハッピーバースデートゥーユー

月は、仮面をめくり、空いた隙間から強く息を吹き、キャンドルを吹き消した。

笑顔と拍手が、月を祝福する。

一緒に拍手をしながら、その奇妙な光景を目の当たりにし、僕は冷静さを取り戻していた。

……月を名乗る、この子は一体誰なんだ。

窪月は、あの事故でたしかに死んでいる。

でも、ここには月を名乗り、自分を月だと思い込んでいる少女がいる。

「純くんも、ケーキどうぞ。お口に合えば良いのだけど」

〝お母さん〟が僕にケーキを勧めた。

「ありがとうございます。手作りの誕生日ケーキ食べるのなんて、初めてです。うちは母子家庭で、親は働き詰めだったので」

僕がそう言うと、月は無邪気な口調で言った。

「お父さんは、どうしていないの？」

「月」

花がたしなめたが、僕は大丈夫だよと月に視線を送る。

「お父さんはどこにいるかわからないんだ。それにお母さんは今、体が悪くて……」

「だから純くんは、わたしの気持ちを理解してくれたの。わかりあえるの」

花は、〝お母さん〟と窪司朗の顔を交互に見つめた。

僕はわけがわからなくなった。何かを突き止めてやろうと思ってこの場を訪れたのに、団欒の風景に圧倒されている。花を救い出したかったのに、彼女も笑顔だ。勇気を出してもっと踏み込まなければ、何も糸口は見えないだろう。僕のことをじっと見ていた窪司朗は言った。

「純くん。良かったら、私のセラピーにいらっしゃい」

「え……」

「おうちのことで、ずっと辛い思いを抱えているだろう。僕の治療を受ければ心がすっと軽くなる」

僕は、頷いた。窪司朗の本性を暴くためには、彼にもっと近づかなければならないのだ。

「そうだ、みんなで写真撮りませんか？」

「いいね」

僕の提案に花がすかさず賛成した。

「僕が撮ります。あとでプリントして渡しますね」

僕はバッグの中から自分のデジタルカメラを撮り出すと、家族がソファーに集まるように促《うなが》した。

抜け殻になってしまった人たちや、窪司朗の不適な笑みを押さえたこのカメラで僕はまた真実を捉えるのだ。

――顔は整形手術で別人になってるけど、同じ場所にほくろがあるの。だから、きっとお母さんだよ。


ある日花は、まるで自分に言い聞かせるかのようにそう言っていた。

僕は、ファインダー越しに、〝お母さん〟の目の下のほくろにズームする。

「いきますよ。はい、チーズ」

ベネチアンマスクをつけた少女を真ん中に、何度かシャッターを切る。

「撮影、替わるよ。純くんも入ったらどうだい」

窪司朗がカメラに向かって手を伸ばすのを咄嗟に拒否する。

「僕はいいですよ」

僕は慌ててカメラをバッグにしまい込んだ。

そのとき、月の横でそわそわしていた〝お母さん〟が急に甘えたような口調で窪司朗に言う。

「ねえ……あなた、そろそろ」

「ああ、そうだな」

二人は見つめ合い、急にかしこまったように並んでソファーに座る。花と月は、不思議そうに両親に視線を送る。

〝お母さん〟は姿勢を整え小さく咳払いすると、自分のお腹にそっと手を当てて言った。

「実はね、赤ちゃんができたの」

突然の告白に、花は目を丸くし、月は飛び跳ねて喜んだ。

「やったー！　男の子かな、女の子かな」

月がそう言うと、窪司朗は心底幸せそうに答えた。

「気が早いな。まだしばらくわからないよ。でも、どっちでも嬉しいな。男の子も育ててみたいし、三姉妹も華やかでいいな」

〝お母さん〟は窪司朗にそっと寄り添った。

「女の子だと、あなたの心配事が増えるわね」

手を取り合った夫婦と、月は明るい笑い声を立てた。今一体花は、どんな気持ちでいるのだろう。僕は恐る恐る、花の顔を見ようと視線を向ける。その瞬間、窪司朗に名前を呼ばれた。

「純くん」

「……はい」

「いつでも遊びに来ていいからね。二人でこっそり会ってたら、俺は嫉妬《しっと》しちゃうかもしれない」

窪司朗は、にっこりと笑う。〝お母さん〟はうっとりした様子で、自分のお腹を撫でながら言った。

「ほら。また始まった。心配性なんだから。……困ったパパね」

硬直している花の肩にそっと手を触れる。花が潤んだ目を僕に向けた。

「今日は、ありがとう。また来るね」

「うん……。お願い、すぐ来てね」

「約束するよ」

僕は挨拶もそこそこに、部屋を出た。

まるで結界から抜け出すように、息を止めて玄関から出る。とにかくこの場から離れようと、自転車にまたがった。

生ぬるい夜の風を切りながら、これからすべきことを必死で考えていた。

月の戸籍を確認しに市役所に行くこと。

窪司朗のセラピーを受けること。


そして……僕はあることに気づいていた。

〝お母さん〟は花のお母さんではない。……別人だ。

僕は、あの〝お母さん〟と名乗る女性を、以前見たことがある。

写真にも収めている。

くぼ心理療法室からだいぶ離れてから、僕は自転車を止めた。そしてバッグを開けて、デジカメを取り出した。

見てはいけないものを、今から僕は見る。

7 花

「ねえ、月。お母さんって、昔と変わったと思わない？」

「え？　どこが？」

「……なんとなく」


わたしは月の部屋で、ぬいぐるみと遊んでいる月の髪をとかしながら話しかけた。

お姫様のような天蓋《てんがい》付きのベッドを月はとても気に入っていて、わたしたちはいつものように二人で並んでそこに座っていた。

月はプリンセスに憧れていて、部屋を装飾し、ドレスを着て優雅に振る舞うのが好きだった。彼女の世界は、自分が作り上げたここだけが全てなのだ。

その様子は、まるで呪われたお城に囚《とら》われたお姫様のようで、月の無邪気さが余計にわたしを苦しめた。

「あ。わかった。お腹の赤ちゃん、男の子なんじゃない？　わたし、本で読んだの。男の子を妊娠すると、お母さんの顔つきが変わるんだって」

月は、仮面の下でおそらく顔をぱっと明るくさせた。その瞬間が、私にはわかる。それほどに私たちはいつでも二人きり、寄り添ってきたのだ。

これ以上、月を困惑させても仕方ない。月は本当にあの人をお母さんだと信じているのだ。五歳だったのだから、事故より前の記憶だって曖昧だろう。

「そうなんだ。赤ちゃん産まれるの楽しみだね」

「うん。わたし、ぬいぐるみ使って赤ちゃんのお世話の練習してるんだ。おむつ替えたり、ミルクあげたり」

「月は良いお姉ちゃんになるよ」

「わたしね、髪が長くなったら、プリンセスみたいなまとめ髪にしてねってお母さんにお願いしてたの。今度やってもらうんだ」

月はそう言うと、誕生日に純くんがくれたウサギのぬいぐるみを抱きしめ、満足そうに頷いた。

「いいね。その話、わたしも覚えてる」

「わたしね、だからずっと髪を伸ばしてたの。お母さん、覚えててくれた」

そう。月のいうとおり、お母さんは些細《ささい》な思い出も秘密の約束も全部覚えていてくれた。だから別人のわけないのに、どうして違和感がぬぐえないのだろう。

月は、再びわたしに背中を向けると、いそいそとぬいぐるみを着替えさせている。

長く艶やかな髪がたおやかに揺れている。

ふと思う。

月の髪ってこんなに黒々しく、艶やかだったっけ。

胸がぎゅっと痛くなり、息が詰まる。懐かしく幸せだった頃の光景がフラッシュバックした。

——ねえ。お母さん。いつになったら月の髪も、お母さんやお姉ちゃんみたいに真っ黒で艶々になるの？

——大きくなったら、月の髪もきっとこうなるよ。

——そしたら、長くするから、プリンセスみたいなまとめ髪にしてね。

——わかったわ。約束。でも、お母さんは月の茶色くてふわふわのくせ毛が大好き。ウサギさんみたい。パパに似たのね。

窓から差し込む光に透けた、月の柔らかい髪。お母さんの優しい声。

オーブンで焼いているクッキーがもうすぐ出来上がる。部屋には甘い匂いが立ち込めていた。

急に蘇《よみがえ》る愛おしい日の記憶に、わたしは卒倒しそうになる。

顔が見たい。

ふと、一歩一歩と、月の背中に近づく。力ずくで仮面を外してしまうイメージに、わたしの心は支配される。

手を伸ばす。月は気づいていない。

仮面に手が触れた。

そのとき、

「お姉ちゃん」

飛び退《の》くように慌てて、手を引っ込めた。

「なに」

「お母さん。具合悪そう。つわりがひどいんだって。今日のご飯、どうしよう」

背中の後ろに隠した手が震えている。真っ白で表情のない仮面が、私をじっと見つめている。

月ってどんな顔だったっけ。私、覚えてる？

足がガタガタと震える。

月の顔がうまく思い出せないことに、初めて気づく。

「わかった。なにがあるか冷蔵庫の中身、見てくるね」

「うん、ありがとう」

月はすぐにまた振り返り視線をぬいぐるみに落とした。

わたしは、気が動転したまま逃げるように月の部屋を後にする。


廊下へ出ても鼓動は強くなるばかりで、息をするのもやっとだ。

どうして、月は顔を見せてくれないのだろう。傷を気にしているのはわかるけれど、わたしたちは家族だ。だいたい、怪我の程度もわからない。

月は心を病んでいるから、とお父さんは言うけど、そんな様子はまったく見えない。仮面をつけていること以外は、とても明るく健やかに育っている。

お父さんは、たくさんの人を救ってきた専門家なのに、どうして月の心の治療をしないのだろう。お父さんほどの能力があれば、仮面を外させることくらい簡単なはずなのに。

わたしは、ひんやりとした廊下に座り込んだ。

ううん……。月は、お父さんから治療を受けている。毎月一回診療室で退行催眠のセラピーを施されているのだ。

――月の心の傷は、顔の傷よりもよっぽど重いんだよ。定期的なセラピーが必要だ。

お父さんの笑顔を思い出す。

でも、仮面をずっとつけ続けているということは、心の傷が癒えてないということ。外に連れ出すこともないのに、仮面をつけさせているのはどうして。

わたしに、顔を見せたくないの？

そしてどうして、わたしは月の仮面を取ることに怯えているの？

わたしはのろのろとした足取りで、〝お母さん〟が休んでいるリビングルームへ向かった。

そっとドアを開けると、〝お母さん〟は、ソファーで横になっている。恐る恐る近づくと、毛布にくるまり目を閉じて、静かな寝息を立てていた。

「……お母さん」

声をかけても反応がない。ぐっすり寝ているのだ。

わたしは、初めてまじまじと顔を見る。お母さんのようで、お母さんではない。お母さんではないようで、お母さんだ。

辛い思い出も一緒に思い出すからと、お父さんは事故以前の家族写真をすべて処分してしまっていたので、頼るべきは記憶だけだ。

はっきり記憶に残っているのは、目の下にある小さなほくろだ。わたしは息を止め、お母さんの隣に座り、顔を覗き込む。

わたしは、そっとお母さんの顔に手を伸ばす。ごくりと生唾を飲む。

〝お母さん〟は、たしかに眠っている。

わたしは、目の下のほくろに触れた。

そして指で、擦《こす》った。

……ほくろは流星のように尾を引きながら顔に黒いシミを残した。

「……！」

その瞬間だった。

〝お母さん〟は、カッと目を見開き、わたしの手を摑《つか》んだ。

「きゃ!!」

思わず叫び、手を振り払い後ろに飛び退く。
覚醒した〝お母さん〟は正気ではない。血走った目を見開いたまま、眼球をぐるぐると動かした。

ぐるぐるぐるぐるぐるぐる

ぐるぐるぐるぐるぐるぐる

ぐるぐるぐるぐるぐるぐる

ぐるぐるぐるぐるぐるぐる

ぐるぐるぐるぐるぐるぐる

〝お母さん〟の目玉が、８の字を描きながら猛スピードでぐるぐる回っている。

∞

∞

∞

∞

∞

∞

それは、お父さんが指で描く、無限マーク。

「いや……いやぁああああ！」

わたしは、叫びながら後退《あとずさ》ると、這い出すように部屋を出た。

8 純

「カウンセリングを受けにきてくれたんだね」

くぼ心理療法室の診療室で、僕は窪司朗と対峙していた。

「僕も花も、大切な人をあなたに奪われました」

丸椅子に座る白衣姿の窪司朗は、穏やかな表情だ。微笑みさえ浮かべている。

「……僕のお母さんを返してください。花のお母さんも」

最初、この病院の名前を口にしたときのおばあちゃんの反応は明らかにおかしかった。その後問い詰めても口をつぐんだままだったが、僕は家中をひっくり返して探し回り、お母さん名義の「くぼ心理療法室」の診察券を見つけたのだ。

「返す……？」

「本当のお母さんを」

窪司朗は、柔和《にゅうわ》な表情のまま僕を見つめている。

「本当の花のお母さんは、どこにいるんですか？　あの人は別人です。クリニックに通っている患者さんですよね……。あなたを物陰から撮影したときに、僕のカメラに写ってます。そのときの写真に、目の下のほくろはありません。描き加えるなんて、安直すぎますよ」

　僕が一息にそう言うと、今度は窪司朗の喋る番だ。

「純くんのお母さんは確かにここに通っていたよ」

「……どうして」

「覚えてないんだね」

　視界が、暗くなっていく。息が苦しい。

「君のお母さんは、強迫性障害とパニック障害、それから若年性認知症を併せ持っていて、苦しんでいたんだ」

「……」

「私はさまざまな療法を試みた。でも、複合的に絡み合った要因を取り除くことができなくてね」

「……そうですか」

　やめろと叫びたいのに、声が出ない。

「ウサギは、君の心を癒してくれるよ」

　顔を上げると、窪司朗がウサギを胸に抱いて目の前に立っている。

「さあ」

差し出されたウサギを、僕は受け取る。

温かい。

愛おしい。

「純くん。お母さんが、ここで最後に言った言葉を、今でもはっきりと覚えているよ」

「え……」

僕はウサギを抱きしめる。そして顔を上げ窪司朗の目を見る。

「私は純を愛してる」

嘘だ。

嘘に決まってる。

——本当よ。純。

じゃあ、どうして？
どうしてあんなことしたの？
——ごめんね。お母さん少し、心が弱ってたの。あなたは何も悪くない。
違うよ。僕のせいだ。
——もう、大丈夫。良い先生と出会ったから、あなたを傷つけることはないわ。
本当だね。一緒に幸せに暮らしていけるの？
——もちろんよ。静かで、平和で、穏やかな日々を過ごせるのよ……。
「おかあさん」

「辛かったね、純くん」

「……おかあさん、おかあさん」

「もうがんばらなくていいんだよ。大丈夫。安心して、僕に身を委ねて」

目の前で揺れる∞マーク。

ぐるぐるまわる。

メリーゴーラウンドのように、ぐるぐるまわる。

まわる。

まわれ。

永遠に。

9
花

「ほくろなんて、整形でなくなったんじゃないの？」

「え？」

純くんが、いつもと違う。

いつものように優しい声で、おだやかな表情で、きれいな目をしている。細い指、真っ赤な唇、柔らかそうな髪の毛。

いつもの純くんなのに、違う。

「でも、様子がおかしかったの。目が、変な動きをして」

「まだ体調が万全じゃないんだよ。精神的に不安定なのかもしれないし」

純くんはなぜかわたしにそう言い聞かせる。純くんにも気持ちが伝わらないなんて……。不安で、胸がはち切れそうだ。

「なんで？　〝お母さん〟を怪しんでいたのは純くんでしょ。見かけたことがあるって」

「ああ、あれ、やっぱり見間違いだったよ」

「え？」

「よく考えたら、花のお父さんがそんなことするはずないし」

純くん、いったい何を言ってるの？　わたしは驚いて純くんの顔を見る。

「あんなに愛情深いお父さんがいて、花は幸せ者だよ」

「……」

純くんは慈悲深い微笑みを浮かべていた。意味がわからない。わたしに同情しているの？

「僕のお母さん、昔、花のお父さんの診療を受けてたんだって。治療のために頑張ってくれてたんだ。僕たちが子供の頃に会ったのも、きっとそのときだ。僕のお母さんと、花のお父さんが、僕たちを引き合わせてくれた」

「……そうなんだ」

「僕たち、こうして再会したのも運命かな」

純くんは、立ち上がり、

「帰るね。お母さんのご飯の時間だ。今日は僕の当番なんだ」

と、言った。

わたしたちはいつものように手を振って別れる。

純くんのポケットからスマホのストラップが見える。

鈴のついたラビットフット。不思議な力が宿るとされる、ウサギの足をかたどったお守り。

去り際にちりんちりんと、甘い音がした。

あれは、お父さんの治療を受けた人が身につけるものだ。

いつもなら、もう一度振り返って手を振ってくれるけど、今日もしてくれる？

わたしは、わざと俯いた。これなら、手を振っても振らなくても、わたしは気づかなくて済むから。どちらも、望んでいることじゃない。

純くん、どうか戻ってきて。

強く目を閉じる。

心の中のもやもやも、寂しさも、不安もずっと一人で抱えてきたことだ。突然王子様のように現れた純くんがわたしを救い出し、さらってくれるような、そんなおとぎ話のハッピーエンドのようなことを願っていた気がする。

でも、それは違う。わたしはわたしの足で歩き出さないといけない。

何が起きているか知りたい。お父さんが、〝お母さん〟が、月が誰なのか、そもそもこの家に隔離されているわたしが誰なのか。

わたしがこの足で、この目で、真実を突き止める。

純くんがこちらを振り返ったかどうかは、わたしにはわからない。

ただ、わたしは一人で立ち上がった。そして、一歩を踏み出した。

一歩、一歩とわたしの足は家から離れていく。生暖かくて、お母さんの胎内のようなあの空間から、わたしは離れる。

――一人で家から出ちゃいけないよ。外は危険な場所だから。

それは、わたしを縛り付ける呪いの言葉だということに、これまで気づくことができなかった。でも今日、こうして純くんから「家族思いの優しいお父さんだね」と言われると、わたしの心に生まれたのはただの違和感だった。

月が仮面を取らないことも理解できない。むりやり理解しようとしていただけだ。月を傷つけたくない一心だったけど、一生仮面をつけて引きこもっているわけにもいかないし、違和感を持ちながらいつまでもそれに付き合うことはできない。

真相を突き止める。

わたしは、自分に催眠が掛かっていないことを祈りながら、あの日以来、初めて一人で街へ出た。


街並みも最寄り駅の外観も、わたしが引きこもっている間に随分と変わっていた。ただ、商店街のシャッター街の陰鬱《いんうつ》とした空気だけはそのままで、その風景に安堵してしまう自分がいた。

新聞では、毎日毎日今年一番の暑さ、と伝えていた。わたしの居場所は家とその周辺だけなので、命を脅《おびや》かすほどの危険な暑さがあることを知らなかった。

「……暑い」

わたしは手を額《ひたい》の前にかざし、陽差しを遮った。

じりじりと、腕に、頬に焼き付く太陽。汗ばんで、髪が首筋に張り付いた。

ずっしりと体が重くなり始めたので、わたしは自販機でサイダーを買った。ペットボトルの蓋《ふた》を開けて一気に喉へ流し込む。

ひんやりとした快感が喉を駆け抜け、体が軽くなる。

ひどく暑く息苦しいけれど、目に映る全てが新鮮で、眩《まぶ》しかった。

今は夏休みだと純くんが言っていた。わたしと同い年くらいの女の子たちが、部活のジャージ姿で連れ立って歩いている。

コンビニの前で、一緒にアイスを食べている高校生のカップル。予備校に向かう自転車の男子高生。

わたしは自分の夏を、五年前に置いてきてしまった。

失った大切なものを、少しずつでも拾い集めたい。だからそのために……。

「行こう」

わたしは、バスに乗り、お母さんが入院していた病院へ向かった。当時わたしたちが搬送されたのは大病院で、お母さんはずっとそこにいるのだと聞かされていた。

ただ、お見舞いに行くことは許されなかった。顔の傷がひどいため、きっとショックを受ける。もちろん、それでも良いから会いたいと、最初は何度もお父さんに懇願した。

——花にはお母さんが元気な頃の顔を覚えていてほしいんだ。

お父さんは、わたしの手を取り涙ながらに言った。わたしも、ぐちゃぐちゃになったお母さんの顔を見るのは辛いから、従うことにした。

わたしはバスの揺れに身を任せながら、流れる景色を見ている。温かい椅子も、独特の匂いも、無機質なアナウンスも、無邪気な子供の笑い声も、全てが懐かしい。

外の世界はたしかに怖いけれど、彩りは何にも代え難い。

車内の強すぎるほどの冷房はほてった体に心地よく、ずっとずっとこの時間が続けば良いのにとぼんやりと思った。

でも、全てが変わる瞬間は刻一刻と近づいている。

わたしは、メリーゴーラウンドに乗ったままのあの日のわたしを、迎えに行かなくてはいけない。

「高岡《たかおか》総合病院前」というアナウンスを聞き、また一つ覚悟をする。バスを降りるとさらに陽差しは強くなっている。

午後二時。

わたしはあの日以来はじめて病院の門をくぐった。

この匂い、青白い蛍光灯、灰色の廊下、青い待合椅子。何もかも、あのときのままだ。

——大丈夫だよ！　大丈夫だから……。父さんはずっと花のそばにいるから。二人とも死なせない。絶対に助けるから……！

あの日の叫ぶようなお父さんの声が、頭の奥の方で響く。

この匂い、この温度。

わたしは必死で正気を保とうと、深呼吸を繰り返す。そして病棟へ続くエスカレーターへ向かった。

お見舞い客が行き交い、看護師さんたちがバタバタと歩き回っている夏休みの病棟。

廊下の一番奥の陽の当たらない場所にある病室に、わたしは吸い寄せられるように近づき、躊躇うことなく入っていく。

静かでひんやりとした部屋。

すべてから隔離されているような緊迫した空気。ベッドの傍らにある仰々《ぎょうぎょう》しい装置が、静かに唸っている。

わたしは横たわる人の足元からゆっくりと顔の方に近づく。

「……お母さん」

目を閉じていても、わかるよ。目の下のほくろに、じっと目を凝らす。

ベッドのプレートには、「窪繭子」と書かれていた。

わたしのお母さんは、やっぱりここにいた。

声が、足が、ガタガタと震える。私はお母さんの頬に触れた。温かい。お母さんはここにいる。眠りながら、穏やかに生きてる。

じゃあ、あの人は誰なの。

お母さんの記憶を全部手に入れたあの人は……。

10 純

家に着くと、玄関の前にお母さんがいた。

「お母さん、どうしたの？　早く家に入って」

僕が慌《あわ》ててそう促《うなが》しても、微動だにしない。それどころか、四つん這いで歩き出し、庭の土に顔を埋めた。

「お母さん、やめて！　汚いよ！」

僕は必死でお母さんの肩を抱く。

「ごめんね。遅くなって。お腹空いたよね」

通り掛かる人がギョッとした顔をして、逃げるように去っていく。小さな悲鳴すら聞こえた。

お母さん、あのおばちゃんなにしてるの。見たらダメよ。かわいそうな人なの。そんな幼い子供と母親の会話が耳に飛び込んでくる。

僕も泥だらけになって、お母さんを地面から引き剝《は》がそうとする。お母さんは、足をジタバタさせて抵抗する。

「お母さん！　お願い！　やめて！」

そう叫んだ瞬間、目の前が真っ赤に染まった。

急にぴたりと音がなくなり、静寂に包まれる。

――お母さん！　お願い！　やめて！

この言葉を、僕は知っている。

僕は耳を塞《ふさ》いで思考を全部シャットアウトした。ダメだ。これ以上記憶を取り戻してはいけない。

「お母さん……やめて……お母さん」

僕はお母さんの横にうずくまって咽《むせ》び泣いた。

「……ごめんなさい。お母さん……許して」

僕は両手で頭を抱え込んだ。

僕も覚悟を決めなくてはいけない。このまま何もせずに狂うか、全てを知って狂うか、選ぶのは僕だ。


僕は、台所に立つおばあちゃんの背中に声をかけた。

「ねえ。おばあちゃん。教えて」

おばあちゃんは、小さくぴくりと肩を震わせた。包丁でキャベツを切る軽快なリズムが一瞬崩れる。

「お母さんはどんな人だったの？　どうしてああなっちゃったの？」

おばあちゃんは、

「どうしてかしらねえ。元気だったのにね」

と、こちらを見ることもなく、のらりくらりとはぐらかした。

「窪司朗は、お母さんに何をしたの？」

おばあちゃんは、僕がその名前を出すと手を止め、こちらを振り向いた。硬直した表情に、びくりとする。

「あんた。まさかあの人に会ったわけじゃあるまいね」

僕はもう何一つ隠すつもりはなかった。自分の失った過去を取り戻すために、躊躇《ためら》うことなど何もない。

「会ったよ。窪司朗の子供と仲良くなって、家にも遊びに行った。セラピーも受けたよ」

おばあちゃんは鬼の形相《ぎょうそう》で僕ににじり寄る。

「あんた……なんで……どうしてそんなこと……」

その迫力に、僕は後退《あとずさ》りする。

「だって、何も教えてくれないじゃないか。もう子供じゃないんだ。お母さんがああなったことも、僕の記憶がないことも、知る権利があるでしょ!?」

僕が声を荒らげても、おばあちゃんはひるまない。それどころかすごい力で僕の両腕を摑《つか》んだ。

「知らない方がいいこともあるの！　自分が子供じゃないって言い張るなら、それくらい理解しなさい！」

おばあちゃんは、目を見開いて声を震わせている。おばあちゃんだって、辛いはずだ。自分の娘があんなことになって、なすすべもないのだ。

残された孫である僕を守るために、真実を一人でずっと抱え込んでいる。だからこそ、僕はおばあちゃんのことも、こんなに陰鬱《いんうつ》で息苦しい日々から解放したい。

「お母さんがおかしくなってしまったことも、近所にそういう人が何人かいることも、全部窪司朗のせいなんでしょう?」

おばあちゃんは苦しそうに口元を押さえ、嗚咽《おえつ》を漏らした。

「あんたのお母さんもね、悪いのよ。おばあちゃんも悪いの」

「え?」

「しかたないのよ。こうするより他、なかったのよ」

おばあちゃんは、崩れ落ちるように座り込むと、キッチンの床に突っ伏して泣き叫んだ。

「おばあちゃん……」

僕はその傍《かたわ》らで立ち尽くすしかできない。すると、いつものようにお母さんがやってきた。

「おばあちゃん……いつかこういう日が来るってわかってたはずだよ。その日がきたんだ。それだけだよ。おばあちゃんにも、もうこれ以上苦しんでほしくない」

僕は床に這いつくばった悲しい母娘《おやこ》を置いて、キッチンを出る。

家から飛び出ても、おばあちゃんの悲痛な泣き声と、お母さんが何かを食べている音が耳の奥にこびりついてはなれない。

花に会いたい。

自転車を漕《こ》ぎながらポケットの中に入れたスマホの通知に気づいた。僕は慌ててブレーキをかけると、電話に出た。

「もしもし、花。この間はごめん。僕どうかしていたよ。お父さんの催眠にかかったみたいなんだ」

僕は一息にそう言い切った。電話の向こうの花は、すぐに元の純くんに戻ってくれるって信じてたと、きっぱりとした口調で言った。僕は、心底安堵《あんど》する。


いつもの神社の小道で待ち合わせた。

「それでね、純くん」

「うん」

「あの人、やっぱりお母さんじゃなかった」

「え？」

「わたし、病院に行ったの。……本物のお母さんが入院してた。だから、うちにいるあの人は、別人だったの」

暑さも相まって、気が遠くなる。ただ、花の言葉を疑う気持ちにはまったくならなかった。真実に近づいている実感すらあった。

「花、今から一緒に市役所に行こう」

「何しに行くの？」

「花の家の戸籍を確認するんだ」

僕の言葉を聞き、花は押し黙った。それでも沈黙の後、花から切り出した。

「わかった」

僕は、スマホにつけていたラビットフットを引きちぎり、投げ捨てた。

11　花

市役所の横の売店のベンチに並んで座り、わたしと純くんはアイスクリームを食べていた。純くんはソーダ味。わたしはミルク味。

あまりにも暑くて、どんどんアイスが溶けていく。もたもたしながらも大慌《おおあわ》てで食べなくてはいけなくて、二人で笑った。

そしてわたしは泣いた。

純くんはわたしの頭を撫《な》でてくれた。

「……辛《つら》いね」

辛いけど、知るべきことだ。純くんと出会ってから、痛いほどそれを実感しながら日々が進んでいく。

戸籍上、月は死んでいた。

戸籍謄本《とうほん》には、悲しいほどあっさりと死亡と記されていた。日付は、事故の二日後だ。

あの、仮面をつけた女の子は、間違いなく妹の月だ。でも、月であって月ではない。月が事故で死んだのも事実だし、家で月が生きているのも事実だ。これが一体何を表すことなのか、もう想像も及ばなかった。

「わたし、夢でも見てるのかな。事故で家族が死んだショックで全部作り上げた妄想《もうそう》なのかもしれない」

「僕たちが同じ妄想をしてるってこと？」

「わかった。純くんもわたしが生み出した妄想なんだよ。学校にも行けなくて、友達もいない。寂しくて寂しくて仕方ないから、その気持ちが昂《たか》まりすぎて純くんを生み出しちゃったのかも」

めちゃくちゃなことを言ってると思ったけど、同時に一番真実に近い気がする。

「花。一緒に夢から覚めよう。勇気がいるし、今よりもっと悲惨な現実に出会うかもしれない。でも、二人なら大丈夫。この前は、信じてあげられなくてごめんね。……どうかしてたんだ。もう大丈夫、ずっとそばにいるから」

純くんとわたしは、自然と手を取り合った。指を絡めて、手を握り合う。

「約束だよ。ずっとそばにいてね」

「もちろんだよ」

純くんとわたしは寄り添ってお互いの体温を感じる。

36度。この日の最高気温と同じだ。わたしたちはこの狂おしいほど愛おしい季節に、溶けてゆく。

12 純

家に帰った僕は、自分の部屋にこもってパソコンに向かっていた。

窪司朗が主催する「子どもの幸せを守る会」の講演会は人気が高く、いくつかネットにも動画が出回っている。

ヒプノセラピーの世界ではある意味カリスマとしての人気を誇る窪司朗には、信者ともいえる支持者が多数いた。

窪司朗の児童虐待撲滅《ぼくめつ》に対する情熱は、異様なほどだ。僕はネット上に残された記事を読み漁り、動画を隅から隅まで見た。

「近隣の子供たちを見守り、その親へ目を向けましょう。大切なのは強い意志です。煙たがられるのを恐れてはいけません」

僕はその動画をスマホで再生しながら、パソコンで検索した。

【女の子　行方不明　甲府《こうふ》市　２０１６年】

「少しでも違和感を抱いたら、児童相談所や私に相談してください。それが子供たちを守ることにつながるのです」

窪司朗の演説がスマホの中で続く中、僕はパソコンを操作し、ヒットした記事をクリックする。

【鮫川《さめかわ》愛華《あいか》ちゃん行方不明。尚、児童虐待疑惑のあった父親は、心神耗弱《しんしんこうじゃく》状態で事情を聞けず】

【あれから一年、愛華ちゃんは依然として行方不明のまま】

記事には女の子の顔写真が貼られていた。黒々とした髪が印象的な、笑顔のかわいい女の子だ。

どこかで元気で生きているとしたら、今十一歳だ。

【父親の鮫川祐一《ゆういち》、長女の愛華ちゃん失踪事件に関わっていると見られるも、証拠不十分で不起訴】

鮫川祐一の写真を見て一瞬息が止まりそうになる。雑然としたアパートのベランダで手すりを翳《かじ》っているというひどく印象的な姿は、僕のカメラにも収められている。

僕のお母さんのようになってしまった一人だ。

つまり、鮫川祐一も、窪司朗の患者だということ。

同時に、窪司朗が憎んでいる虐待加害者でもある。

これはつまり、どういうことなんだ。

少しずつ、輪郭《りんかく》が見えてきた気がするけど、そのせいで余計に混乱に陥った。

窪司朗が、どうして、どうやって、患者たちを心神喪失の抜け殻にしているのかもわからないし、月が仮面をつけて暮らしているのも、〝お母さん〟が別人になってしまったことも、正直、理解不能だ。

ただわかっていることは、窪司朗は何かを守ろうとするあまり、何もかもをぶち壊している。


もし、行方不明のこの女の子を月として育てているとしたら……。

あまりに恐ろしいことが多数起きているということだ。花を狂気的な誘拐犯の暮らす家から救わなければいけない。父親どころか、母親も妹も、虚構の存在だとしたら？

花の身に、一体何が起きているというのだろう。

窪司朗は、何者なんだ。

考えれば考えるほど、頭がくらくらしてくる。

ねえ。花は？

花は、ほんものなの？

13　花

静かな家の中で、〝お母さん〟が弾いているピアノの音だけが鳴り響いている。

わたしは自分の部屋のベッドに体を投げ出して、その音に耳を傾けていた。


イタリアン・ポルカ。


お母さんが昔から得意な曲だ。あの頃は、いつもこの軽快なリズムに合わせて、わたしと月で手を取って踊った。

懐かしい。

その輪に、お父さんが入ることもあった。柄にもなくはしゃぐ姿が楽しくて、わたしも月も大笑いした。

ピアノを弾いているお母さんも笑った。
頬《ほお》を涙が伝う。こんなにも大切な思い出なのに、みんなの顔がうまく描けない。
いつの間にか月は仮面をつけていて、〝お母さん〟は別の人になってしまった。
お父さんは二人に何をしたんだろう。どうして？　なんのために？　どうやって？

ねえ。お父さんはお父さんなの？
わたしは、誰なの？
怖い……怖い。

ここから連れ出して。ねえ、純くん。

わたしは純くんからデジカメを受け取っていた。
――これで、月ちゃんの顔を撮ることはできないかな。
わたしは承諾した。月の顔がわたしの記憶と結びつくか正直自信がない。ひどい火傷《やけど》を負った月の顔を見るのも怖いし、原形をとどめているかもわからない。ただ純くんは、行方不明で捜索願いが出ている女の子を探してみると言っていた。

もし、その子と顔が一致したら……。

お父さんは、全然関係ない女の子を連れてきて、月と思い込ませて育てているということだ。〝お母さん〟だって、そう。

月とわたしは長い間ずっと二人きりだった。純くんも〝お母さん〟もいなかった五年間。わたしも月も、友達なんて一人もいない。お互いが人生の全てで、かけがえのない存在だ。

それも全部、嘘《うそ》なの？

わたしは布団を頭からかぶり、耳を塞いだ。

怖いよ。

でも、月は、お父さんが知らないはずの思い出も、二人だけの秘密だって知っている。

そんなの、お父さんの催眠でどうにかできることじゃない。

そうだ……。

きっとわたしは恐怖に支配されてるだけ。純くんが考えてること、まともじゃないよ。〝お母さん〟は偽者だったとしても月は絶対に違う。

わたしは覚悟を決めた。月が偽者ではないと証明する。

布団をガバッと剝ぐと、デジカメを握りしめて月の部屋に向かった。

いつの間にか、〝お母さん〟が弾くイタリアン・ポルカは終わり、家には夜中の静寂が訪れていた。

わたしはそっと部屋を出ると、廊下の端の月の部屋へ向かう。月は仮面をつけたまま寝ているのだろうか。それとも取っているのか、それすら知らない。

まるで彼女のほんものの皮膚のように感じていたので、それについて思いを巡らせたことすらなかった。

強い恐怖に支配されて、月は仮面をつけている。もしむりやり剝がされて、写真を撮られたら、大きなトラウマになるだろう。

もう二度と同じ月とは出会えないかもしれない。

それがわかっていたので、これまで実行できなかったのだ。

真っ暗な廊下を裸足で歩いた。

ぴたりぴたりという足に伝わる冷たい感触が、わたしを現実にどうにかつなぎ止めている。

息づかいどころか心臓の音まで響き渡りそうな静寂の中、わたしは少しずつ月の部屋へ近づいていった。

お父さんと〝お母さん〟の寝室は一階だ。ぐっすり眠っていれば物音は届かないだろう。

ただ、わたしはきっと今、お父さんに警戒されている。もし、監視されていたら？月の仮面を剝がそうとしているところが見つかってしまったら？

でも、どうして怯《おび》える必要があるの？　かわいい妹の本当の顔を見たいという気持ちを咎《とが》められる理由なんてない。

もし咎めるのだとしたら、きっと……。

月の部屋の前に着く。

鼓動が高鳴り、胸がはち切れそうだ。ドアノブに掛けようとする手が震える。古い館の床が軋む音に、びくりと体を硬直させる。

ゆっくり周りを見渡す。お父さんはいない。

「月、ごめんね」

そう囁《ささや》きながら、音を立てないようにそっとドアを開けた。

壁一面に飾られた仮面が薄明かりにぼんやりと照らされている。見覚えのある月の顔、顔、顔……。その全てが、たくさんの月がわたしを凝視している。

叫びたいのを我慢して、わたしは月明かりをたよりにベッドに近づいた。布団を引き剝がして、デジカメのシャッターを押すシミュレーションは、何度も何度も頭の中で繰り返した。

わたしは意を決してベッドに忍び寄る。

月、ごめん。

わたしは右手にカメラを構えたまま、左手で思い切り掛け布団を剝ぎ取った。

「……いない」

そこはもぬけの殻だ。月はいない。

こんな夜遅くに、どうしていないの？

「月……月!?」

慌てて電気を点け、部屋中見渡すが、月はいない。

恐ろしさに全身が総毛立つ。混乱と恐怖でどうにか保っていた正気が失われている
のがわかった。

壁に並んだ何十枚という月の顔が、表情を変えることなくわたしをじっと見ている。

わたしは月の部屋を飛び出て、足音を潜めるのを忘れて廊下を走り、自分の部屋へ
戻った。

「月!!」

わたしの部屋に、月がいた。

「月……」

なぜか、そんな予感がしていた。

月は、わたしに背を向けて、ベッドに座り込んでいた。ネグリジェ姿で、仮面をつけている。

「……月。どうしてここにいるの？」

声をかけても月は動かない。様子がおかしいのは明らかだ。わたしは月の背後に近づき、そっと顔を覗き込む。

「きゃ！！！」

ぐるぐるぐるぐるぐるぐる

ぐるぐるぐるぐるぐるぐる

ぐるぐるぐるぐるぐるぐる

ぐるぐるぐるぐるぐるぐる

ぐるぐるぐるぐるぐる

ぐるぐるぐるぐるぐる

ぐるぐるぐるぐるぐるぐる

ぐるぐるぐるぐるぐる

ぐるぐるぐるぐるぐるぐる

仮面に開いた小さな穴の中で、月の目がぐるぐると猛スピードで回っている。
あのときの〝お母さん〟のように。
わたしは逃げ出したい気持ちを抑えて、月の肩を抱き寄せる。その手元には、月の死亡を宣告する、戸籍謄本が握られていた。

「どうして!?　なにしてるの!?」

わたしは月の手から戸籍謄本を奪い取り、部屋から飛び出た。

「お父さん!!　お母さん!!　月の様子がおかしいの!!」

戸籍謄本をぐちゃくちゃにして、ポケットに突っ込む。

「助けて!!　月が死んじゃう！！！」


気づいたらわたしは夫婦の寝室で眠っていた。

〝お母さん〟に支えられてここまできたことをぼんやりと覚えている。

お父さんの、

——月は大丈夫だから、安心しなさい。


という声も。

目を覚ますと、〝お母さん〟がわたしの顔を覗き込んでいた。わたしは朦朧《もうろう》とする意識の中で、ポケットに手を入れ、戸籍謄本の紙が入っているか確認する。

「花……。大丈夫？」

「……うん。わたしは平気。月は？」

「お父さんが落ち着かせて、今は眠っているわ。もう大丈夫よ」

「それならよかった」

〝お母さん〟は、心配そうにわたしの頬やおでこを撫でた。愛情も、優しさも伝わる。

その思いに嘘はないだろう。

でも、違う。わたしの知ってるお母さんの手じゃない。

「月と何があったの？」

とても心配そうに〝お母さん〟はわたしのことを見つめる。……無性に悲しくなった。嘘を吐《つ》いて、わたしを傷つけようとしているようには見えないのだ。

もしかして、わたしが間違ってるのかな。

「何もないよ。気がついたら月がわたしの部屋にいて、目がぐるぐる回ってた。……月は何か言ってた？」

「……記憶が飛んでるみたい。何も覚えてないって」

「……そう」

よかった。この戸籍謄本のことは忘れたんだ。わたしの大切な月が一体何者なのかさっぱりわからないけど、彼女をこんな形で傷つけるつもりはなかった。

彼女が受けたショックは、わたしの想像も及ばない。自分が死んでいることを目の当たりにして冷静でいられるはずがない。

〝お母さん〟は、心配そうにわたしの顔を覗き込んでいる。その表情に偽りはないけれど、存在そのものが偽物だ。

この、お母さんのようでお母さんではない、この人は一体誰なんだろう。

でも、その一方でお母さんであることも確信していた。不思議だった。

「お母さん」

「……なあに、花」


あなたは誰？

そして、わたしは誰？

14　純

複雑に絡み合った糸は今に解けるだろう。

それが全て明らかになったとき、僕たちの手には負えないほどの大変なことが起きる。

もし窪司朗が鮫川愛華ちゃんの行方不明にも関わっているとすれば……。


僕は、鮫川愛華ちゃん失踪事件の記事を読み漁った。


母親が幼い娘を置いて蒸発し、父子家庭で育った愛華ちゃんは、保育園も休みがちだったという。

父親の鮫川祐一は定職につかず、パチンコ三昧《ざんまい》の日々。一人家に取り残された愛華ちゃんが近所の人に助けを求め、児童相談所が何度か訪問している。

その時点では目立った虐待の証拠もなかったので「改心する」という鮫川祐一の言葉を信じ、愛華ちゃんの保護にはいたらず。また、愛華ちゃん本人からもパパと一緒にいたいという申し出があった。

しかし2016年、愛華ちゃんの様子がおかしいと、通っていた保育園から児童相談所に再び連絡がある。低栄養状態、虫歯、風呂に入れられていないなど、ネグレクトの兆候があった。

　また、愛華ちゃんの体に複数のアザが見つかったことから、行政は強制保護に動き出す。

　その頃、父親の鮫川祐一は自らくぼ心理療法室を訪れ、積極的に治療を受けている。

　なお、鮫川祐一自身も幼少期に実父母から激しい虐待を受けて育ったことがわかっている。


　同年七月。

　鮫川愛華ちゃんが登園してこないことから、保育園関係者が警察に通報。重要参考人となった鮫川祐一だったが、心神耗弱状態により取り調べは難航を極める。

　虐待死なども疑われる中、証拠不十分で不起訴。鮫川祐一は精神病院に強制入院ののち、内縁関係だった女性の保護の元、退院。

　鮫川愛華ちゃんは依然行方不明。

　鮫川祐一は福祉サービスを受けながら、当時と同じアパートにて生活している。

　鮫川祐一は、娘の愛華ちゃんを虐待していた。

そして同時に、窪司朗の治療を受けていた。
その後、愛華ちゃんは失踪し、鮫川祐一は心神耗弱状態の、ただの物体になった。

これが、全てだ。
鮫川祐一は窪司朗に罰を受け、愛華ちゃんは窪司朗に人生そのものを奪われた。

僕は、アパートのポストで鮫川祐一の名をあらためて確認した。そして表に回り、ベランダで手すりを舐めている彼のことを、外からじっと見ていた。
完全にうちのお母さんの症状と同じだ。目を充血させ、表情はない。四つん這いの状態から起き上がることはまずない。手を使わず犬食いをし、人間というよりは、知能の低い動物に見える。

虐待を憎む窪司朗が、鮫川を治療の末に追い込んだのだ。
じゃあ、うちのお母さんはどうして。

八月も終わろうとしている。陽が沈むのが少しずつ早くなり黄昏時《たそがれどき》にはヒグラシが鳴いた。僕は自転車を押しながらその場を後にする。もう振り返ることもない。来ることもない気がした。

自転車を漕ぎ出す前に、深く息を吐き、空を見上げた。深く濃いオレンジ色の夕焼けを見ていたら、寂しいような恋しいような、不思議な感情が湧き上がった。

僕は少し疲れていた。ずっと孤独だったし、ずっと戦っていた。

そんな僕の元に花が現れた。

夕焼け空の美しさや切なさを、分かち合いたいと心から思える子だ。

この感情をなんと呼ぶのかうまく言えないけど、愛おしいし、会いたいと思う。

僕は自然とスマホを手に取り、花の家に電話を掛けた。

花じゃない誰かが電話に出たら、何も告げずに切ってしまおう。でも、きっと、彼女は僕からの電話を待っている。花本人が出てくれるはずだ。

それは祈りにも似た、確信だった。

「もしもし」

『純くん』

やっぱり花だ。その声を聞いた瞬間、何を話したかったのか忘れてしまった。……

でも、そういうのも良いな、とふと思った。

『純くん、笑ってる?』

「なんか、花の声聞いたらほっとして。花は何してたの?」

『純くんからの電話を待ってた』

思わず照れ隠しに笑ってしまう。花の無邪気な言葉が、まるで柔らかい羽根のように、僕の心をふわりと撫でた。

「待ちくたびれて、ちょっと寝ちゃった」

花がそう打ち明けたので、二人で笑った。

「待たせてごめんね、花」

『ううん。いろんなことがあって少し疲れちゃったみたい。純くんに話さなきゃいけないこと、たくさんあるよ』

寝起きの花の声は、いつにも増して甘く柔らかで、かわいかった。

「起こしちゃってごめん」

『ううん。いいの。純くんの声で起きれて、嬉しかった』

照れくさくて、うまく返事ができない。

これから、きっと花の身辺は今まで以上に大変なことになるだろう。たとえ偽りの家族だったとしても、花はその閉ざされた空間で、ただ穏やかに心を乱さないように生きてきたのだ。

　きっと何もかもが大きく変わる。今は波乱が起きる、ほんの一瞬前なのだ。

　そしてその波乱は、僕たちが自ら起こそうとしていた。

「今日、会えるかな。僕も話したいことがあるんだ。今からいったん家に帰って、お母さんにご飯を食べさせたらすぐに出るね」

『うん、わかった。今日お父さん遅くなるみたいだから、大丈夫』

「ねえ、花」

『なあに、純くん』

「僕はずっと花の味方だよ。君を騙《だま》したりしないし、隠し事もしない。ずっとそばにいる。大丈夫だから、僕を信じて」

『どうしたの、急に』

　僕が突然そんなことを言い出したので、花は笑った。僕も自分が自分でないような不思議な感覚に陥り、照れ隠しに笑った。

　僕たちの周りに楽しいことなんて何もないのに、ここは聖域のように守られていた。

「とにかく、なるべく急ぐから待ってて」

『わかった。待ってるね』

「ねえ。花」

ふと、一緒に逃げようかと言いかけた。でも、その言葉はさすがに飲み込んだ。

『なあに』

「なんでもない、あとで」

通話終了ボタンを押した僕は、やっぱり言えばよかったと数秒前の決断を後悔して、一人で小さく笑ってしまう。

でも、僕を信じてと言い切った以上、気軽に口にしてはいけない言葉だ。

でも、同時に僕はそう気づいたのだ。

花を連れて逃げれば良いんだと。

僕は、自転車を漕ぎ出し、急いで家に向かった。一生懸命頭を整理しようと思っても、心がふわふわとして落ち着かずうまく頭が働かない。

風を感じながら、冷静になれと、自分に言い聞かせる。

花がもし月の素顔の撮影に成功していたら、そのまま一緒に警察に行こう。そして、花を保護してもらう。彼女の新しい人生が始まるんだ。痛みを伴うならば、それは僕が引き受ける。

家に着いた僕は、自転車を投げ出すように置き、急いで玄関のドアを開けた。すぐに出発するのだから、自転車にも玄関にも鍵は掛けず、靴を脱ぎ捨てると急いで家に上がった。

廊下を歩き、居間の前を通るとふと入り口に茶色い革製のトランクが置いてあることに気づく。

見覚えのない鞄《かばん》だ。僕が足を止めると、部屋の方から声が聞こえてきた。

「純くん、こんにちは。お邪魔しているよ」

窪司朗が居間の畳に座り、僕のことをにこやかに見ていた。傍らにはお母さんが丸くなって鼻をひくひくさせている。

どうして、ここにいるんだ。

「何してるんですか」

「診療だよ」

僕は、慌てて部屋に入ると、窪司朗の前に立ちはだかった。

「やめてください」

「どうしてそんなこと言うの」

「どうしてって……」

うまく、言葉にならない。お母さんをこんな風にした張本人が、今さら何を言い出すんだ。

窪司朗は、落ち着き払った様子で続ける。

「純くん。君は何か勘違いをしているようだね」

「……勘違いじゃない。もう全部わかってるんだ」

僕は戦う決意をしていた。不思議と恐怖心はなかった。

「全部調べました。鮫川祐一のことも、愛華ちゃんのことも全部。他の患者も、あなたが何かしたんでしょ!?」

窪司朗は、やれやれと言った感じで首をすくめるとこう言った。

「わかったよ。大切な話をするから、落ち着いて」

「……」

うるさい。黙れ。

僕の大切なお母さんと花から、まともな人生を奪った相手が目の前にいる。落ち着けるわけがない。

僕は湧き上がる憎悪を抑えることができず、体が震えた。

窪司朗は、余裕の微笑《ほほえ》みを浮かべる。

……どんな弁解をするのか聞いてやる。

「その人たちはね、みんな自分の子供を虐待していたんだ」

……だからなんだ。

「だから、私は彼らにある療法をして、苦しんでいる子供たちを救済してきた。長い間、ずっとね」

僕には関係ない。僕は、お母さんに虐待なんかされてない。

「君も、お母さんにひどい虐待を受けていた」

嘘だ。


「……嘘じゃないよ。君を救うために、記憶に蓋《ふた》をしたんだ。

けれど、お母さんの症状を改善することはできなくてね。

このままでは、君を殺してしまうと思ったんだ。

……だから」

嘘だ。

嘘だ。

嘘だ。

嘘だ。

嘘だ。

やめろ。

インチキなことを言うな。

僕は騙されない。

絶対にだ。

お母さんが僕を虐待していたなんて、嘘に決まってる。

「純くん。大丈夫だから、落ち着いて。ゆっくり息をして」

窪司朗の指先が、僕の眉間に近づく。

ぐるぐるぐるぐるぐる

ぐるぐるぐるぐるぐる

ぐるぐるぐるぐるぐる

ぐるぐるぐるぐるぐる

ぐるぐるぐるぐるぐる

「さあ、純くん。お母さんに会いに行こう。戻るよ。戻っていく。

……十五歳……十四歳……十三歳……十二歳……十一歳……十歳」

ぐるぐるぐるぐるぐるぐる

　　　　ぐるぐるぐるぐるぐるぐる

ぐるぐるぐるぐるぐるぐる

　　　　　　　　ぐるぐるぐるぐるぐるぐる

ぐるぐるぐるぐるぐるぐる

∞

∞　　∞　　∞　　∞

九……八……七……

水の中に沈んでいるような、音のない世界に僕はいる。
強く目を閉じて、膝《ひざ》を抱え込んだ。
そして息を止め、数を数える。
お母さんの高笑いと怒鳴《どな》り声が、交互に僕の体の中に響く。

ぼんやりと、耳の奥で何重にも反響する。

――何、薄ら笑いしてんのよ！　気持ち悪い!!

ゴン、という鈍い音と、脳が揺さぶられるような感覚。

耳の奥がキーーンと鳴った。

――あんたなんて産まなければ!!　あんたのせいで私の人生はめちゃくちゃになった!!

お母さん、ごめんね。

もっとぶっていいよ。

生まれてきてごめんね。めちゃくちゃにしてごめんね。

——お前なんか、死ね!!　あんなやつの子供、いらなかったんだよ!!

お母さん、苦しいよ。

でも、殺していいよ。
それでお母さんが幸せになるなら、その方がうれしいよ。
僕、いくつまで数えたら死ねるかな。

一、二、三、四……五……六……

ぐるぐるぐるぐるぐるぐる

　　　　ぐるぐるぐるぐるぐるぐる

ぐるぐるぐるぐるぐるぐる

ぐるぐるぐるぐるぐるぐる

ぐるぐるぐるぐるぐる

遠ざかる意識の中で、僕は誰かに抱きしめられた。フワッと体が浮き、止まりかけていた鼓動が、再び脈打ちはじめる。

——純くん、もう大丈夫だ。助けにきたよ。

窪先生？

——辛かったね……。もう、我慢しなくて大丈夫だから。こんな目に二度と遭わせないから。

僕を助けにきてくれたの？

ぐるぐるぐるぐるぐるぐる

　　ぐるぐるぐるぐるぐるぐる

ぐるぐるぐるぐるぐるぐる

　　　　ぐるぐるぐるぐるぐるぐる

「君は何も悪くないんだよ」

僕はいつの間にか窪司朗に抱きしめられていた。

勝手すぎるだろう。

人の記憶を奪って、そして、急に戻して。

「純くん。これが真実だよ。僕は君のために……」


……黙れ。


何が僕のためだ。

弄《もてあそ》んだだけだ。僕のことも、花のことも。

正義の味方ぶって、快感に浸ってるだけだ。

「純くん」

「……黙れ」

許さない。僕は、窪司朗を絶対に許さない。

「黙れ！！！　お母さんは悪くない!!　あんたが全部悪いんだ！！！」

僕はいつの間にか、窪司朗を押し倒し、首に手をかけていた。


こいつさえいなければ。

「……ち、違う。純くん、落ち着いて!!」

全てが、窪司朗のせいで……。

「全部わかってるんだ！　花のお母さんのことも、月ちゃんのことも！　あんたがなんかしたんだろ」

窪司朗は、顔を歪《ゆが》めながら悶《もだ》えている。僕は馬乗りになって、首を強く締め続けた。

これで、おしまい。リセットだ。

「き……君には関係ない！　俺は家族のために……」

窪司朗は消え入りそうな声を絞り出す。

「何が家族だ!!　ふざけんな！　あんたの家族、全部偽物だろ!!」

「違う。偽物なんかじゃ……」

「花だって、全部気づいてる」

僕は手に力を込める。全てが終わる。

花、もう大丈夫だからね。

「花は、あんたがやったこと、全部気づいてるよ」

ぐったりとしていた窪司朗は「花が……？」唇を動かす。

「僕が花をあんたから守る」

僕が宣言すると、窪司朗は

がっ!! と、目を見開いた。

「……!!」

お母さんが、僕の足元に近づいてくる。

僕の視界は、真っ赤に染まっていく。

15　花

今までのわたしだったら、諦《あきら》めてたかもしれない。

それとも、信じていつまでもじっと待ち続けていたかな。

でも、わたしは変わった。

純くんと出会って、向き合う勇気をもらったから。


待っても待っても、純くんは来なかった。

すぐに行くと言ってくれていたのに。

だからわたしは、純くんの家に行くことにした。もし何かあったときのためにと、住所を書いた紙を渡してもらっていた。それが、こんな風に役に立つときがくるなんて。

純くんの身に何かあったらどうしよう。

そう思うたびに、お父さんの顔が頭に浮かぶ。そんな自分が嫌だったけど、この意味がどういうことなのか、純くんが教えてくれた気がする。

「ここだ……」

玄関先に見慣れた純くんの自転車がある。「四井《よつい》」という表札を見て、確認する。住宅地にあるこぢんまりとした一軒家。ここが純くんの家。

家から漂う空気が、重い。インターホンを鳴らそうとしても、指が躊躇っている。

きっと純くんは疲れて寝ちゃったんだ。何度かインターホンを押したら目を覚ます。わたしのことを見たら、びっくりして謝るだろう。驚いて目を丸くした純くんの顔はかわいくて、わたしはきっと笑ってしまう。

そしたら許してあげるんだ。

わざと少し怒ったふりをするかもしれないけど。

それだけのことだから、大丈夫。……大丈夫だよ。あと三分後にはきっとわたしたちは笑い合っている。

ピンポン

意を決して、インターホンを押す。一部屋だけ灯りが点いている。

反応がなくて、もう一度押す。

家の中で、空虚にチャイムが響いている音が聞こえる。

純くん、いないのかな。それともぐっすり寝ちゃってるの？

もう一度インターホンを押そうとしたそのとき、ガチャという無機質な音を立てながらドアが小さく開いた。

「純くん。寝てたの？　わたし……」

中から顔を出したのは、おばあちゃんだった。

そっか。一緒に住んでるおばあちゃんのことをすっかり忘れていたので、慌ててしまう。

「あ。……あの、すみません。純くんいますか。約束してたんです」

「……純のこと、何か知ってるの？」

おばあさんは、玄関の電気も点けず、小さく開いたドアの隙間《すきま》からわたしを見つめている。

え。……何、こわい。

「え？　純くんに何かあったんですか？」

「……」

おばあちゃんの顔は強張り、唇が小さく震えている。

「……あの。わたし、窪といいます。純くんの友達で……」

「くぼ……」

おばあちゃんが、急に目を見開く。

「もしかして、くぼ心理療法室の……」

「わかりません。なんのことですか」

わたしは、咄嗟《とっさ》に嘘をついた。どうしてかわからないけど、反射的にそう言っていた。

おばあちゃんは、わたしの顔をじっと見つめている。

「純なら中にいますよ」

そう言い、おばあちゃんは玄関を開け、部屋に入っていった。わたしはどうすれば良いのか少し考えた後、家の中に入った。

廊下は薄暗い。

居間のような畳の部屋で、熱帯魚が泳ぐ水槽が青々と光っていた。

「……？」

それをじっと見つめている女性が、急に振り返り、四つん這いでこちらへやってくる。

「ひっ!!」

こわい。この人が、純くんのお母さん？　真っ赤な目で口をもぐもぐと動かしながらわたしを見ている。

わたしが大きく後退りすると、足に何かがぶつかった。

「きゃ!!」

ごん。という振動と、人の頭を蹴《け》ったような嫌な感触がした。

慌てて振り返る。

そこには、純くんがいた。

真っ白な顔で、目を真っ赤に充血させ瞬きもせずに、わたしを見ている。

「……純……くん？」

その顔に生気はない。

感情もない。

ああ、これは、純くんじゃない。

「いやあああああああああ」

わたしは、転びそうになりながら玄関に向かった。早くここを出なきゃ。廊下を走り、玄関にぼんやりと立っていたおばあちゃんを押しのけるようにして靴を履いた。

おばあちゃんは、何か言いたそうに、パクパクと口を動かしている。知らない。そんなの知らない。聞きたくない。

これは夢だ。

わたしは、お父さんに悪い夢を見せられてるだけ。

だって、わたしのせいで事故に遭ったのだから、罰を受けるのは仕方ないでしょ。

メリーゴーラウンドに乗ったままの、あの日のわたしを迎えに行きたい。

できることなら、純くんと一緒に。

どうやって家に帰ったのか覚えてない。もうすっかり暗くなっていて、月も〝お母さん〟も寝た後だった。

診療室の灯りだけ点いていた。わたしは、そこに行くしかなかった。

「花、遅かったじゃないか。ダメだぞ、こんな時間まで出歩いたら」

お父さんは、愛おしそうに目を細める。

「すっかり年頃だなあ。あの小さかった花が、こんなに大きくなるなんて」

「……」

「でも、外の世界は危ないっていつも言ってるだろ。人を騙したり乱暴したり、物を盗むような悪い人がたくさんいるんだ」

「……」

「とにかく心配したよ。事件に巻き込まれたのかと思っただろう」

「……巻き込まれたら困るよね。警察沙汰《ざた》なんて……」

「え?」

「そんなに心配なら、通報すればよかったのに」

お父さんは、じっとわたしのことを見たままだ。膝に置いている指がピクリと動いた。わたしも、目を逸らさない。

「できないよね、通報なんて。警察が来たら困るもんね」

お父さんは、呆《あき》れたような素振りでわざとらしく笑った。

「どうしたんだ。疲れてるんだろう。早く寝なさい」

「純くんに何をしたの？」

お父さんは、頬を引き攣《つ》らせながら笑っている。

「お母さんに、月に何をしたの？」

「花」

「それとも、わたしに何をしたの？　誰が生きてるの？　誰が死んでるの？　ねえ!!」

「花、落ち着いて」

「返してよ。純くんを、月を、お母さんを返して！」

お父さんは、椅子から立ち上がり、わたしに少しずつ近づいてくる。

「やだ……こないで!!」

「花。君は誤解をしているだけだ。あの人は、本当に花のお母さんだ」

「嘘よ、信じない」

わたしは少しずつ後退りしながら、お父さんと距離を取る。

「……わたし、お母さんが入院してる病院に行ってきたの」

お父さんの眉毛が動く。わたしに手を伸ばす。

その瞬間——


診療室のドアが開いた。

「花。私はあなたのお母さんよ」

真後ろから急に話しかけられ、ビクッと体が反応する。

反射的に振り返ると、そこには〝お母さん〟と月がいた。

「嘘。嘘よ。あなたはお母さんじゃない。いい加減にしてよ！」

わたしは戸籍謄本を投げつけた。

「月は死んでる!!　二人とも偽者なんでしょ」

「お姉ちゃん、何言ってるの……？」

月は、仮面をした顔で不思議そうに首を傾《かし》げた。

月に知られていい話なんて、何一つなかったけれど、もう感情を抑えることなんてできない。

それでもお父さんは、同じことを言い続けた。

「違う。本当に、二人とも本物だ」

もう、いい加減にして。こんな茶番劇、わたしが自らの手で終わりにする。

わたしは、〝月〟の仮面を剝がしとった。

「きゃあああああああ！！！」

見知らぬ女の子が絶叫し、顔を覆った。傷など、どこにもない。

「……この子、誰」

見知らぬ女の子は過呼吸を起こしそうなほど泣き叫び、お父さんが慌てて駆け寄り、抱きしめた。

「月。大丈夫だからね。落ち着いて。何も心配ないから、大丈夫だよ……」

お父さんは催眠に使う鈴を月の耳元で鳴らす。月……その女の子はあっという間に落ち着きを取り戻した。

「ずっと、そうやって洗脳してきたんでしょ」

お父さんは女の子をソファーに座らせ、ずっと何かを囁《ささや》いている。傍らで〝お母さん〟も女の子の手をさすり、慰めていた。

女の子は再び仮面をつけ、いつもの月の姿になった。

何、この風景。こんな家族ごっこに、ずっと付き合わされてたなんて。

「花。退行催眠はわかるよな」

「……」

お父さんの声のトーンが変わった。

「ゼロ歳に戻って、さらにその先に踏み込んだら……どうなると思う？」

「……なに」

お父さんは、月と〝お母さん〟の元を離れ、ゆっくりとこちらへ寄ってきた。

「人は誰しも、母親のお腹の中で魂を宿される。そのときの状態まで戻ると、魂は不安定になって、ぐらついてくる。肉体から乖離《かいり》させることができるんだ」

……何言ってるの？

「お母さんも、月も本人だよ。入れ物が変わっただけだ」

「……そんなの、信じられるわけない。そう思い込ませてるだけよ」

誰かの体に、中身を入れたと言ってるの？

そんな恐ろしいことが……。

「ねえ、月！　嘘でしょ!?　あなたは月じゃないんでしょ!?」

わたしの剣幕に、月がわーっと泣き出す。〝お母さん〟が「あなたは月よ!!」と叫ぶ。

もう、めちゃくちゃだった。お父さんは、わたしの腕を掴んだ。

「花。これ以上、月を追い詰めるな」

「追い詰めたのはどっちよ。全部嘘だよ!! こんなの偽物の家族だよ!!」

わたしは顔を覆った。

もう、何も見たくない。聞きたくもない。

事故に遭ってから、わたしの過ごしてきた五年間って一体なんだったの。知りたかったけど、知りたくなかった。

いつの間にかわたしの横にいた〝お母さん〟がわたしの肩を抱いた。

「私は、あなたのお母さんよ。花ならわかるでしょ。……わかってるよね？」

「……でも、顔が違う」

「入れ物なんて、大した意味ないわ。月だって、本物の月よ。ずっと一緒だったでしょ。本当に偽物の家族だなんて思うの？」

思わないよ。

でも、実際違う人じゃない。

もう、わからないよ。

そのときだった。

お父さんの足元に置いてあったトランクから、ガリガリと音が鳴り、ピクピクと動いている。慌ててお父さんがファスナーを開けると、小さなウサギが飛び出てきた。

赤い目の黒いウサギは、じっとわたしの顔を見上げている。

お父さんは言った。

「この子は、純くんだよ」


さっき純くんの家で見た姿がフラッシュバックする。

耳がキーンとして、音が閉ざされていく。


「純くん。花のところに行きなさい」


ウサギが、たどたどしく跳ねながらわたしの足元にやってきて、まとわりついた。

「嘘……」

「ウサギは無垢《むく》そのものだから、魂を交換しやすいんだ」

これが、純くん。

そんなわけない。ありえない。

「純くんの母親はね、ずっと純くんのことを虐待していたんだよ。父さんは長い間、そういう非道な親たちをこうやって治療してきたんだ。そんなときに事故が起こった。一刻を争う状態の月を救うために、はじめて人間同士を入れ替えたんだ」

お父さん、何言ってるの？

「……その子は、月の体になって死んじゃったってこと？」

「月を救うためだ」

お父さんは、まっすぐわたしを見つめていた。いつものように慈悲深く穏やかな眼《まな》差《ざ》しだったけれど、わたしはその目の奥に、邪悪な鈍い光を感じた。

「月、逃げよう。こんな家にいちゃいけない」

わたしは、月の心が入った女の子の手を引いた。

「ダメ！　いかないで!!」

強く静止したのは〝お母さん〟だった。

「なんでよ。お母さんだっておかしいよ!!　全部知ってたんでしょ!?」

〝お母さん〟は、顔を歪めて嗚咽する。

「辛かったわよ。だから花には知ってほしくなかった」

「気づかれないと思ってたわけ？　バカにしないで」

〝お母さん〟は、涙でぐちゃぐちゃの顔に微笑みを浮かべた。

「でも、もう大丈夫よ。お父さんが導いてくれるから」

「……やめて」

「ねえ、花。お父さんは、たくさんの子供たちを救ってきたのよ。素晴らしいことをしているのよ。虐待加害者の魂をウサギに閉じ込めることで、子供たちは命を救われた。肉体は生きているのよ。罪を犯しているわけじゃない」

「……」

わたしは、後退りする。足元にいた〝純くん〟を思わず抱き上げた。

「この子だって、月になって良かったのよ。親から食事も与えられず罵倒され、殴られ、愛に飢えた人生がどれほど辛かったことか。むしろ感謝しているわ」

もう、わけがわからなかった。

虐待はいけない。親は厳しく罰を受けるべきだし、子供は救われるべきだ。

でも、魂をウサギに閉じ込めるとか、他の人と入れ替えるとか、そんな神の領域に、人は踏み込むべきじゃない。

それを本当に正義だと思っているこの人たちが、恐ろしい。

それに……。

「純くんは？　関係ないでしょ!?　どうしてこんなことをしたの。純くんは何も悪くない。ひどいよ！」

わたしは、〝純くん〟を抱きしめた。温かい。鼓動を感じる。わたしのせいだ。わたしのせいでこんなことに……。

「彼は俺たちの幸せを壊そうとした。家族を守るためだ」

お父さんは平然と言い放った。

「家族を守るためなら何をやってもいいの!?」

何言ってるの。

「そうだよ」

わたしが幸せだと思ってるの？

「お前たちのためなら、なんだってやるよ」

話が通じない。とにかくここにいちゃダメだ。でも、足がすくんで身動きが取れない。

「なあ、花。月が帰ってきて、お母さんが帰ってきて、幸せじゃなかったか？」

「……」

頭の中で、メリーゴーラウンドがぐるぐると回り出す。

陽気な音楽。

笑顔の家族。

「お母さんの魂が入っている人も、自分の子供を虐待していたんだよ。今はその子は施設で幸せに暮らしているよ。みんなが幸せになる理想の世界にお父さんは導いているんだ」

純くん。

愛おしい人の名前を呼びながら、わたしはウサギに顔を埋める。

メリーゴーラウンドで、わたしと純くんは同じ木馬にまたがっている。

わたしは、背中に純くんの体温を感じている。

わたしが笑うと、純くんも笑った。

心地よい揺れ。
弾むメロディー。
お父さんが、メリーゴーラウンドの外から手招きをしている。
わたしと純くんは木馬の上から手を振る。

一周するとお父さんがいる。

また一周するとお父さんがいる。

逃げられない。

逃げられない。

鳴り止まないイタリアン・ポルカの中で、お父さんはずっと手招きをしている。

「……お願い、純くんを返して」

わたしは、〝純くん〟の背中に顔を埋め、震えながらそう言っていた。

〝純くん〟は、わたしの腕をすり抜けて、床に飛び降りた。

「もうやだ」

急に言い出したのは月だった。

「知らない子の体を奪ってまで、生きていたくなかったよ。どうして死なせてくれなかったの」

〝お母さん〟は慌てて、月にすがりついた。

「月。そんなこと言わないで。ほら、火傷もなくてよかったじゃない。これからはもう仮面だってしなくて良いし、みんなで幸せに……」

月は〝お母さん〟の手を振り払って叫んだ。

「幸せになんてなれないよ！！！　人の体を奪ったわたしが、幸せになれるわけない!!」

月は急に立ち上がると、ウサギの餌を切るための果物ナイフを自分の首に突きつけた。

一瞬でその場は静まり返り、緊迫する。お父さんが、そっと声を掛ける。

「……月」

「近づかないで!!!」

「バカな真似《まね》はやめなさい」

「いますぐ死ぬ!!」

〝お母さん〟は狂ったように泣き叫び、お父さんは催眠のための言葉を唱え始めた。

月は本気だろう。全てを知ってしまった以上、こんな事実を受け入れて生きていくことはできない。

でも、わたしは嫌だ。月に死んでほしくない。

入れ物は違っても、ずっと本物の月だったのだ。でも、受け入れて生きていけとも言えない。

かける言葉なんて、何一つ見つからなかった。

「月、お父さんは、家族のために……」

「家族のためにっていうなら、わたしの言うことを聞いて!!」

月は、自分の首にナイフを突き立てながら言った。

「……わかった。言う通りにする。だから、ナイフをこっちによこしなさい」

月は、仮面を剝ぎ取って、投げ捨てた。愛華ちゃんの顔をした月が、お父さんのことをじっと見据えた。

「もう、二度とこんなことはしないで。誰の魂も交換しないで!!」

「……わかったよ。約束する」

お父さんの声は緊張でうわずっているが、月は厳しい視線を投げたままだ。

わたしは思わず、月のことを見ていた。

「……月」

「お姉ちゃん。わたしのこと、ずっと、かわいがってくれてありがとう。学校にもいかず、ずっと一緒にいてくれて嬉しかった」

ナイフが、月の首に食い込んでいる。もう誰も、月を刺激するようなことは言えない。

わたしは、これ以上、何も失いたくない。願いはそれだけだ。わたしが全てを許して、受け入れればきっと元の家族に戻れる。

わたしが全部ぶち壊そうとしたせいで、結局こうして月の命まで脅《おびや》かされている。

「月、やめて。お願い。全部を知ろうとするなんて、わたしが間違ってた。だって、これまでずっと幸せだったんだよ……。何も知らない方が良かったの」

そう言いながら、涙が溢《あふ》れた。

いつもいつも、大切なものを壊すのは、わたしなんだ。

「お姉ちゃん……」

「月が死んだらわたしも生きていけないよ。だから、バカな真似はやめて。お父さんのことも、許す。だからもう一度、みんなで幸せに暮らそう。お願い……」

わたしの言葉に一瞬ひるんだ月を、すかさずお父さんが抱き止める。

「やめて！　離して!!」

月は暴れ、もがき叫ぶ。

だがお父さんが強く抱きしめ続けているうち、おとなしくなった。

わたしは胸を撫で下ろすと同時に、どうにか正気を保ち続けるように、浅い呼吸を繰り返した。

その様子をずっと見ていた〝お母さん〟は放心したようにへたり込み、お腹をさすっていた。

「お父さん。純くんを、元の姿に戻して」

わたしは、もう一度お父さんに頼んだ。

「わかった。そのかわり、今までのことは忘れて、これからもこの四人で幸せに暮らすこと。それから、純くんには、ここで見たことも、俺の存在も、診療室のことも……全部忘れてもらう」

「何もかも……」

「そう。何もかもだ」

……わたしのことも？

口に出さなくても思いは伝わり、お父さんは頷いた。

涙が溢れてきた。

家族を思って……じゃない。

こんなことで、純くんとの時間を全て失うことが惨《みじ》めだった。

と同時に、お父さんの家族に対する深い愛情が歪みすぎていて、胸が痛くなった。

純くんの命が救われるなら、わたしのことなんて忘れてくれて構わない。

ある夏に、わたしには好きな人ができて、愛おしくてたまらなくて、初めて自分のことを大切に思えた。

「もし、辛ければ花の記憶も……」

わたしは、首を横に振った。何一つ忘れたくない。

純くんの白い頬も、丸い目も、尖った鼻先も、甘い声も、細い指も、柔らかい髪も。

絶対に忘れない。

だからお願い、どうか純くんを元の姿に戻してください。


「純くんの家に行こう」

お父さんは、月を抱きしめたまま静かに微笑んだ。その表情はぐったりとしていたけれど、ふしぎと穏やかだった。

「……戻すこと、できるの？」

「ああ……。実験済みだよ。もし月やお母さんの体が回復したら、ウサギに預けた魂を元に戻すことが一番の理想だったからね」

わたしは、足元にまとわりつく〝純くん〟を抱き上げた。

「ありがとう、お父さん」

お父さんは、ひどい人間だ。

でも、これからは信じて生きていくしかない。そう、誓ったのだから。わたしは覚悟を決めていた。

お父さんは、目を細めた。

「大切な家族の幸せのためだよ」

さよなら、純くん。

大好きだった。

これからもずっと、大好きだよ。

ここで見たことも何もかも忘れて、どうか幸せに生きてね。

でも、もし、いつかどこかで再会できたら……。

好きになってもらえなくてもいいけど、何度目かの「はじめまして」の出会いがあることを、望むくらい良いよね。


体が痺れるような愛おしさが込み上げて、わたしは腕の中にいる〝純くん〟のぬくもりを精一杯感じた。

「花、行こう」

お父さんの言葉に、わたしは頷いた。

その瞬間。

ぐらり、と一瞬お父さんが傾いた。

「え?」

わたしが足を止めると、大きな音を立てて、お父さんが膝を床につく。

「……お父さん?」

気づくと瞬く間に床に血が広がり、〝お母さん〟の凄まじい悲鳴が響いた。

「きゃあああ、あなたああああ!!!」

頭が真っ白になって、体が動かない。思考が止まる。

半狂乱になって駆け寄る〝お母さん〟が、

「あなた、しっかりして!!!」

と、血まみれになって泣き叫んでいる。

お父さんは床に突っ伏し、肩で息をしている。


わたしは、そっと床に〝純くん〟を置く。

ダメだよ、死んだらダメ。

だって、死んだら、純くんが元に戻れなくなる。

返り血を浴び、呆然と立ち尽くしているのは……

「月……？」

「あなた!!　死んじゃダメ！！！　あなたーー!!」

〝お母さん〟は、血だらけになりながら、お父さんのお腹を押さえている。それでも血は噴き出し、止まりそうもない。

「花！　……救急車を呼んで！」

「……だめだ」

お母さんの悲痛な叫び声を、お父さんは静かに遮《さえぎ》った。

「月を……みんなを守るためだ……」

「でも、このままじゃ……」

お父さんは、ゆっくりと首を横に振る。

「繭子……今までありがとう」

お母さんは嗚咽《おえつ》しながらお父さんを抱きしめた。

「花……月……愛してるよ。ずっと……一緒だからな」

お父さんは、もうほとんど光のないうつろな目で、わたしと月のことを見つめた。

わたしも月も何も答えることができず、ただ床が血に染まっていくのをじっと眺めて居た。

「繭子……」

お父さんは、お母さんのお腹にすがりついた。

「元気な子を産んでくれよ……。ずっと一緒だ。俺たち家族は、いつまでも一緒だからな」

これで、何もかも終わってしまった。

お父さんが、消え入りそうな意識の中で、恍惚とした表情を浮かべている。そしてぼんやりと指を動かす。〝お母さん〟のお腹に向かって何かを囁く。

ぐるぐるぐるぐるぐるぐるぐる

ぐるぐるぐるぐるぐる
ぐるぐるぐるぐるぐる
ぐるぐるぐるぐるぐる
ぐるぐるぐるぐるぐる

まわれ。
まわる。
メリーゴーラウンドは、もう、回らない。

16 司朗

2010年7月17日

今日、待望の二人目の子供が生まれた。かわいい女の子だ。月と書いて、「ルナ」と名づける。母子ともにとても健康。花もお姉ちゃんになったことをとても喜んでいる。

僕にまさか、こんな幸せな日が訪れるなんて思ってもいなかった。

家族に愛されずに育った自分が、幸せになる権利なんてないと思ってたのだ。

でも、こうして愛する妻、可愛い二人の娘に恵まれ、世界一の幸せを嚙み締めている。

虐待は連鎖していくということを、僕は誰よりもよく知っている。

その連鎖を断ち切るために、心理療法を勉強してきたのだ。

深層心理で、僕は何度も自分をリセットすることができる。

もし自分の中に悪魔がいるとすれば、出会う前に葬ることもできる。
英国の留学中に出会った宗教のことは繭子も知らない。
悪魔に魂を奪われそうになっても、それを封じ込める手段を僕は知っている。
ただ、そんな心配をする必要はない。
僕と家族の未来はひたすら明るいのだ。
僕は、この身をかけて繭子と花と月を必ず幸せにする。
月、美しいこの世界にようこそ。

2012年6月11日

長年の研究が、ついに形になる。
虐待加害者とウサギの魂を入れ替えることに成功したのだ。
退行催眠と宗教儀式の融合が実現したのは、ウサギという無垢な存在のおかげだ。

ウサギは、生命と繁殖復活のシンボル。
御伽話《おとぎばなし》では異世界へ誘うもの。
仏教では献身の象徴。

僕は誰も傷つけることなく、子供たちを救うことができる。
全知全能の存在となり、世界中の子供たちを僕は救うのだ。

2014年2月8日

僕は夢を見た。
水の中に沈んでいるような、音のない世界に僕はいた。
強く目を閉じて、膝を抱え込んだ。
そして息を止め、数を数える。

一、二、三、四、五、

お母さんの怒鳴り声が、僕の体の中に響く。

ぼんやりと、耳の奥で何重にも反響する。

――何、薄ら笑いしてんのよ！　気持ち悪い!!

ゴン、という鈍い音と、脳が揺さぶられるような感覚。

耳の奥がキーーンと鳴る。

――あんたなんて産まなければ!!　あんたのせいで私の人生はめちゃくちゃになった!!

お母さん、ごめんね。

生まれてきてごめんね。めちゃくちゃにしてごめんね。
不意に目を覚まし、慌てて周りを確認する。
左側には繭子が、右側には花と月がすやすやと寝息を立てている。
安堵して、ふいに涙がこぼれる。
自らに退行催眠をかけて、長く、閉ざしていたはずの記憶だった。
幼い頃の自分を助けることができるのは、今の僕だけだ。

2015年4月25日

「子どもの幸せを守る会」の活動は順調だ。
虐待の情報を積極的に取り入れ、啓蒙活動をする。
僕は、神に選ばれし存在だ。

虐待の被害を広げないよう尽力し、子供を救い、そして加害者と被害者に治療を施す。

そして、悪質な場合は、二度と加害できないよう魂を封じ込める。

それができるのは、僕だけ。だからいつまでも僕は僕で、あり続けたい。

診療室にウサギが増えてきた。

中身は元加害者たちではあるけれど、ウサギとなったことで心まで浄化されているに違いない。

今日も花と月が、ウサギの世話に勤《いそし》んでいる。繭子は手料理に腕を振るう。

こんな日々がいつまでも続くことを祈る。

2015年6月14日

今日、僕は幼い頃の自分と出会ってしまった。

四井純くんという十歳の男の子だ。
純くんは、シングルである母親からひどい虐待を受けている。
あの、すがるような目も、びくびくした態度も、当時の自分を見ているようだった。

半年前からはじめた母親の四井理沙《りさ》のカウンセリングは難航を極めた。虐待を止めたいという思いは強いが、純くんと、純くんの父親を重ねてしまうとき、自分の加虐性を制御できなくなるのだ。

四井理沙は、自分を責めて泣いていた。
でも、患者をどこか冷めた目で見ている自分がいる。

苦しんでいる母親を救いたい。
でも、それ以上に救われるべきは純くんなのだ。
虐待被害者である僕は、一度魂を破壊されている。
無垢な純くんがそうなる前に、彼を助けなければいけない。

連鎖を断ち切るのは、早ければ早い方が良いだろう。

明日のセラピーはウサギと一緒だ。

２０１６年７月22日

もうすぐ四十歳を迎える。

いわゆる人生の折り返し地点に立ち、これからの人生についてふと考えることがある。

退行催眠で人々の心を治癒していく中で、人にはそれぞれ「一番幸せだった瞬間」があることを知った。

僕にとって、それは今かもしれない。

父親からの虐待、母親の自殺、大人になるまでずっと目を背けたくなるようなことばかりが起きた。

でもこうして、自分の手で本物の幸せを摑み取ったのだ。
愛おしい繭子と、花と、月。

僕はこの幸せを守り抜く。
それが僕の使命だ。

最近は仕事が忙しく、家族サービスそっちのけだったことを反省している。
最近すっかり生意気になった花に怒られてしまった。
だから、明日は診療室を急遽《きゅうきょ》休みにして、家族で出かけることにした。
行き先は花のたっての希望、遊園地だ。
メリーゴーラウンドに１００回乗るんだと、張り切っていた。

明日はきっと最高の一日になる。

２０１６年７月23日

神は、いるのか。
いるなら、その力を見せてみろ。
たかが一人の女と、一人の子供の命さえ救えないというのか。
神が手を差し伸べないのなら、俺がやる。

２０１６年７月24日

鮫川と愛華ちゃん二人が住むアパートを訪れた。荒れ果てた場所だ。
「時間を設けることができたので、特別なセラピーを行います。鮫川さんとお嬢さん、お二人同時に退行催眠を行い、二人の魂が深く融合できるセッションをすることで、二人の心に深く眠る闇の連鎖を断ち切り、新しい真理の世界へ導きます」

僕は、そう告げて、まずは、鮫川とウサギの魂の交換に成功した。

お父さん、どうしちゃったの？

ウサギになった父親を見て、愛華ちゃんは不安そうに言った。

愛華ちゃんはウサギが好きかい？　そうだね。お父さんは、ウサギさんのように優しい人になったんだよ。もう意地悪されることも、ぶたれることもないよ。

よかった。優しいお父さんが好き。

愛華ちゃんは笑顔だった。

先生、愛華ちゃんに会わせたい人がいるんだ。先生の娘で、愛華ちゃんと同じ歳だよ。今怪我で入院していて寂しいと思うから、お友達になってくれるかい？

愛華ちゃんは、嬉しそうに頷いた。

僕は、ウサギになった鮫川を放置し、愛華ちゃんと一緒に家を出た。

病院に着いた。これから、魂の入れ替えを行う。

月のためにも愛華ちゃんのためにも、僕と僕の家族のためにも、神が導いてくれたことが。

月の体は間もなく絶命する。

今夜が最後のチャンスだ。

２０１６年８月６日

月は新たな肉体を得た。

神に感謝を告げる。

これから先、催眠という絆《きずな》で僕とつながれたまま僕と生きていく。

魂と肉体との間で拒絶反応が起こらぬように、半永久的に注視し続けなければならない。

愛華ちゃんの捜索願いが出ている以上、顔を知られるわけにもいかない。

マスクをつけ、家に閉じ込め……いずれ整形手術だろうか。

この程度の試練なら、容易に乗り越えられるだろう。僕たち家族は、神との絆が強い。

繭子は眠りながらも肉体は安定している。いつか、ふさわしい人が訪れたときに、また僕は自分の力を試すだろう。

2018年11月15日

事故以来、花は自分のことを責め続けている。

外部との接触を断ち切り続けるのも限界だろうか。

思春期を迎えた花の自我は大きく揺らぎ始め、意識は外を向き始めている。さまざまな情報は、花を惑わすだろう。

母親が不在というのは、年頃の少女にとってやはり負担が大きいだろう。寂しさや不安が蓄積され、花を追い詰めていると思うと心が痛む。

月の世話やケアを積極的に引き受け、僕の活動も手伝ってくれる。心優しく責任感が強い花の胸のうちは僕には計り知れないことだ。

花のためにも、月にも、母親が必要だ。

２０２１年４月３日

美崎《みさき》ユリエ　33歳

物心ついたときから両親が不仲で、ユリエ本人は、普通の幸せを求めて、誠実そうな男性と二十九歳で結婚。男の子を出産する。

夢にまで見た幸せな家庭生活だったはずが、夫は激務で家庭を顧みずワンオペ。育児ストレスが子供に向き、暴力を振るうように。

近所の住人が児童相談所に通報し、事件が発覚。夫に離婚を突きつけられ親権を奪われる。

孤独と自己嫌悪に苦しみ、自殺を考えるほど追い詰められた中で、当院を訪れる。

美崎ユリエは、涙ながらに過去を悔いる発言をした。

「私……息子にひどいことをしてきました。それで離婚を突きつけられて、息子への接近禁止命令も出ています……。全部私が悪いのですが、寂しくて……」

セラピーを受ける中で、ユリエはそう繰り返した。

「窪先生は、虐待撲滅のために尽力していると聞きました。私も悔い改め、ゼロから生き直したいんです」

「できるなら、家族と幸せに暮らしたいと……」

「はい。許される日が来るならば……」

僕は、会って欲しい人がいると告げた。

「僕は、ユリエさんのことを、ずっと待っていた気がします……」

そっと僕は美崎ユリエの手を握った。

２０２１年４月17日

花が、四井純と仲良くしていることを知る。

こういう導きになるとは。思わず笑いが溢れてしまった。

辛い記憶を消すために治療を施したので、彼は虐待の記憶から逃れ、穏やかに暮らしている。

彼の存在は、連鎖を断ち切ったことの象徴だ。

彼もまた、僕のコレクションの一つ。

軋む音を立てながら僕たちの人生が動き出す。

何かが始まる胸騒ぎに、僕は恍惚とした。

今日、ついに繭子とユリエの魂の入れ替えを行う。

2021年5月4日

魂の交換が成功した。

僕は、繭子となったユリエの体と抱き合い、語り尽くした。

現実を知った繭子は、しばし泣き、ユリエの体を奪ったことに罪悪感を抱き苦しんだ。

僕は「天の導き」であることを説き、最後には繭子もこの状況を受け入れる覚悟をしてくれた。

早速《さっそく》家に連れて帰ると、月は大喜びで母親を受け入れた。

花は少々警戒しているが、緊張しているだけだろう。すぐに慣れる。

ようやく、夢にまで見た家族四人での暮らしが再開したのだ。止まっていた時間が動き出した。

2021年8月7日

花が警戒心を強めていると、繭子が嘆《なげ》いていた。事故で大怪我をしたため、顔は整形手術をしてあると伝えてあるし、目の下のホクロはメイクで描いている。いずれ、タトゥーとして、消えないようにしようと、繭子に伝えた。

過去の家族写真は事故が起きてからすぐに全部処分しているので、花は懸命に記憶の中の母親と、帰ってきた母親の姿を照らし合わせているのだろう。

見た目がもし違ったとしても、中身は繭子そのものなのだ。別人が、繭子のふりをしているわけではない。

花が警戒する理由はないのだが、繭子の辛そうな姿は見ていていたたまれなかった。

小さな子供だと思っていたけれど、花も年頃なのだ。親に心を開かず、外の世界に興味を持つことも自然なことだ。

しかし、我が家では、それは許されることではない。

触れてはいけないこと、知ってはいけないことが多すぎる。

外の世界に興味なんて持たなくていいんだよ、花。

いつまでも守ってあげるから、お父さんの腕の中にいなさい。

来年には家族が増える。

新章が始まれば、もっともっと絆が強まる。

誰も介入できない、神聖な場所であり続けよう。

２０２１年８月12日

今日、かつて繭子だった〝体〟につながれた呼吸器を、僕は自らの手で止めた。
すべての数値がゼロになり、生命は途絶えた。
魂が美崎ユリエである以上、この世にいてはいけない。

繭子は、かつての自分の体がこと切れる姿を見て、涙を流した。
自分の肉体は死に、魂は別の入れ物で生き続ける。

繭子になら、乗り越えられる試練だ。

２０２１年８月20日

純くんは知りすぎてしまったし、踏み込みすぎてしまった。
彼をもっと楽にしてあげなくてはいけない。

僕は彼がとてもかわいい。今も昔も、大切に思っている。だから命を救ったのだ。

ただ、聖域を侵すことは、たとえ純くんでも許されない。

子供が生まれたら、家族五人で再び遊園地に行こう。

年頃の花は、家族での外出をもう嫌がるだろうか。

僕と繭子が、どうしてもとお願いすれば、仕方ないなと笑いながら付き合ってくれるだろう。

花はとても優しい子だから。

そうだ。ハロウィンの日に行って、月だけでなく僕や繭子、花もみんなで仮面をつけよう。それなら、月がおかしな目で見られることもないし、月だって家族お揃いの仮面は嬉しいだろう。

そんな楽しい想像をして、一人で笑ってしまった。

僕は、赤ちゃんを抱いて、メリーゴーラウンドの外から、愛おしい家族たちを眺めるつもりだ。

木馬に乗っているのは、繭子と花と月。

みんなが代わる代わる僕の前を通過し、笑顔で手を振る。
五年前と、繭子と月の入れ物は変わってしまったけれど、外見になんの意味があるというのだ。

僕の腕の中で赤ちゃんが笑う。
僕に似た男の子だったら嬉しい。

永遠の幸せを僕は手にする。

もう二度と、メリーゴーラウンドは止まらない。

ぐるぐるぐるぐるぐるぐる

　　ぐるぐるぐるぐるぐるぐる

ぐるぐるぐるぐるぐるぐる

ぐるぐるぐるぐるぐるぐる

ぐるぐるぐるぐるぐるぐる

終　章

「月……」

「なあに？」

月はもう、仮面をつけていない。

新緑の季節。

ガーデンテーブルで、暖かな光を浴びながら、月はサンドイッチを頬張っている。

わたしは、フルーツタルトを摘《つま》んでいた。

「幸せになろうね」

月は、口をもぐもぐさせながら、くすくす笑った。

「幸せだよ。お姉ちゃんがいるし、お母さんもいるし……」

お母さんが、ベビーカーを押しながらこちらへやってくる。

「雪《ゆき》。ご機嫌だね」

月が笑顔で、ベビーカーを覗き込んだ。

雪は最近よく笑うようになり、手足をバタバタさせて喜んでいる。

「お母さん、これすっごくおいしい」

今度は洋梨のタルトを齧《かじ》りながら月は言った。

「ありがとう。喜んでくれて嬉しい」

「ね。また作って」

「もちろんよ」


穏やかな光、頬をくすぐる風が心地よい。

赤ちゃんが笑い、それに釣られるように、お母さんと月も笑った。


ふと、視線をテーブルに落とす。

ティーカップに入った紅茶の水面に急に波紋が広がった。


「……え?」

足元にフワッとしたものが触れて慌てて下を見ると、黒いウサギがいた。

純くん。

わたしは、〝純くん〟を抱き上げた。

月とお母さんには見えないようにウサギを抱きかかえ、立ち上がる。

紅茶の水面が揺れている。

振り向いちゃいけない気がする。

一歩一歩退いていく。

「お姉ちゃん。どうしたの？」

「……ううん。なんでもない。ちょっとお散歩してくるね」

「うん」

ウサギを、ぎゅっと抱きしめて、わたしは月に背を向けた。
もう戻らないかもしれない。

視界の片隅に、赤ちゃんの指が見えた。
その指は、規則的な曲線を描いている。
その子は、無邪気?
それとも……?

走り出したい衝動を抑えながら、そっと遠ざかる。

赤ちゃんの笑い声が響いている。
その唇が「は」「な」と動いたことは、わたしにはわからない。

ぐるぐる

ぐるぐる

ぐる

ぐる

この作品は映画『この子は邪悪』（脚本　片岡翔）の小説版として書下されました。
本作品はフィクションであり実在の個人・団体などとは一切関係がありません。

徳間文庫

この子《こ》は邪悪《じゃあく》

2022年7月15日　初刷

脚本　片《かた》岡《おか》翔《しょう》
著者　南《な》々《な》井《い》梢《こずえ》
発行者　小宮英行
発行所　株式会社徳間書店
東京都品川区上大崎三-一-一　〒141-8202
目黒セントラルスクエア
電話　編集〇三(五四〇三)四三四九
　　　販売〇四九(二九三)五五二一
振替　〇〇一四〇-〇-四四三九二
印刷
製本　大日本印刷株式会社

ISBN978-4-19-894760-6　(乱丁、落丁本はお取りかえいたします)